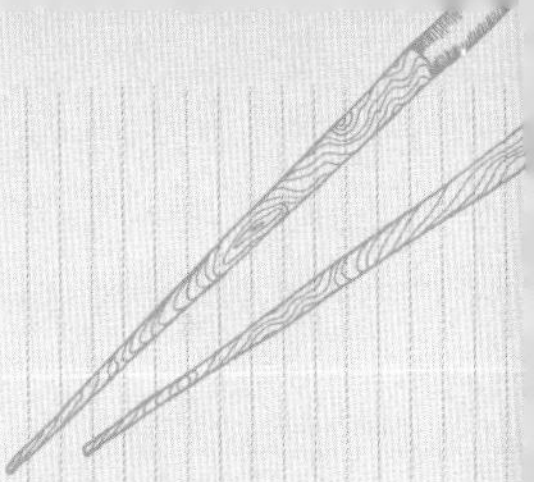

潘金蓮的餃子

李舒——著

戴敦邦——繪圖

目次

夏

秋

冬

推薦序

小碎步穿越到明朝

蔡珠兒
作家

食物是探索過去的一把鑰匙，李舒走出民國的廚房，鏗鏘作響，又抓來一大掛鑰匙，小碎步閒晃，穿越到明朝，隨手喀嚓一轉，推開一扇扇廳房門窗，裡面蹄膀酥爛，花糕甜軟，水晶鵝亮閃閃，雞尖湯熱呼呼，食味夾雜哭聲笑語，鹹辛交集，哀樂不盡。

談起古典小說的吃，《紅樓夢》玉粒金波，清雅貴氣，最是膾炙人口；然而最鮮活，最接地氣的卻是《金瓶梅》，這部假託北宋，其實影射晚明的奇情小說，向來被當成淫蕩小黃書，幾百年來惡名昭彰，真是天大冤枉。

我也是有點年紀後，才漸漸讀懂，原來那肉色床戲只是幌子，《金瓶梅》是生猛的暗黑系寫實文學，更是礦藏豐富的社會文本，就像魯迅說的「作者之於世情，蓋誠極洞達」。透過山東土豪西門慶的興衰史，刻劃政商勾結，人慾橫流的時代，市井百態栩栩活現，寫到飲食尤其詳盡生動，調情、餞行、賞雪、弔喪，什麼都要吃一頓，人生大小事，莫不與飲食交織相關。

有人算過，《金瓶梅》提到的茶有十九種，酒二十五種，飲茶場面二百三十四次，飲酒場面二百四十七次，菜餚麵點兩百多種，飲饌等級明確，鋪排細密，誰跟誰在哪裡喝什麼吃什麼，都有明暗寓意，就像《紅樓夢》綿裡藏針，以小見大，用飲食來隱喻微妙關係，彰顯人物的性格心態、利害衝突和地位高低。

就說書名這餃子吧，潘金蓮做了三十個「裹餡肉角兒」，巴巴盼著西門慶來，苦等無人，又發現這蒸餃少了一個，於是連鞭帶掐，痛打偷吃的迎兒，苛刻潑辣，卻也氣苦落寞，無助可憐。相形之下，大婆吳月娘地位穩當，她「親自洗手剔甲，做了些蔥花羊肉一寸的匾食兒」，和西門慶佐著南酒吃，細緻從容，淡定講究，食物和氛圍都全然不同。

匾食、水角兒、肉角兒，都是餃子，《金瓶梅》吃的是北方風味，寫明代山東富商的「阿舍菜」，有官府宴席，也有家常菜飯，洋洋大觀，是「金學」的研究熱點，歷年來出過不少書，而李舒這本特有意思，讀來愉悅暢快，我認為至少有三個好。

第一是文筆好，清爽伶俐，水靈靈的，有種海派的慧黠俏皮，讀這書，像跟閨蜜擠在暈黃燈泡的灶披間，邊揀邊聊，她忽然冒出蘇州腔，「螺螄嗫嗫，蹄膀篤篤，鹹蛋剝剝，小逼戳戳，頂頂開心」，李舒的挨捧往事，穿插西門慶的燉蹄子，古今共冶，令人爆笑，蹄膀之味更加豐沃鮮明。

第二是典籍用得巧。茶酒瓜果器物，李舒信手拈來，無所不談，看似閒話家常，卻不是平白扯淡，下盤馬步紮得穩，是下功夫做過功課的。

不論紅學金學，談飲食之書，少不得查考典籍，引用史料，四處摭拾抄錄，以便參照類比，推敲分析。然引經據典，除了腦力和消化力，更考眼力，有人是大散光，朦朧浮泛對不準，有聞必錄抓到就抄，搞得臃腫虛胖，觀點飄忽模糊。有人是鬥雞眼，緊盯著小處，錙銖必較，瑣碎嘮叨，只有微言沒有大義，盡在枝節打轉，光撿貝殼忘了海洋。

李舒卻能以小見大，出入自得，焦點對得精準，書袋掉得恰到好處，用典靈巧，不囫圇，不堆垛，引據思路清晰，呈堂證物齊全，讓人看出門道。譬如她講頭腦湯沒頭腦、核桃肉沒核桃、酥油泡螺不是螺，以及那盅配料落落長、一口氣唸不完的雀舌芽茶，無不妙趣洋溢，讀來開心益智，很長見識。

第三是有人味。講食事論烹割，很容易歧路亡羊，有物無情，李舒總能言歸正傳，吃喝得再酣暢，還是回到人身上。例如那個著名的「一根柴火燒出稀爛的好豬頭」，她不僅細說怎麼個燒法，也點出這事的群己關係，宋蕙蓮有手藝，李瓶兒有錢，潘金蓮有主意，幾個美人圍坐吃豬頭的場景，活色生香，世俗活潑，是《金瓶梅》的絕佳縮影。

寫人是李舒的拿手好戲（她自己也常入戲），講起西門府諸人，好像是朋友同事，從近取譬，親切可喜。跳脫窠臼，用現代的眼光掃描，原來龐春梅剛強果決，具有獨立精神；中國頭號淫婦「小潘潘」，一直在渴望愛情；而西門慶並不是色情狂，李瓶兒死後他深情追憶，哀思不已。

以己觀物，以物見人，因為有人，所以感人，暖烘烘的體溫人味，比熱騰騰的食味更長久，更深刻。就像李舒說的，「研究食物其實也是研究人」，透過味覺，挑出感情的幽細裂口，剔出隱密的夾縫文章，人性，才是最刁鑽也最可口的部位。

台灣版自序

饞是一種病

最近經常回答的讀者問題是：「為什麼你寫民國聊歷史，寫著寫著就到吃上去了？」

這大概是源自張愛玲的話：「從前相府老太太看《儒林外史》，就看個吃。」三十年來，我的審美水準和相府老太太保持高度一致，從初級原因上分析，這主要是因為我饞。

饞是一種病。

平時也不覺得會怎麼樣，發作起來，簡直是刻骨相思。任你手中正在趕方案，或者要準備電話會議，奶著娃，吵著架，一瞬間，天地萬物化為芻狗，一個聲音風情萬種地呼喚你，由遠及近，漸漸地，漸漸地，響起來了——

來啊，去吃蔥油蠶豆草頭圈子排骨年糕紅燒滑水油爆蝦熗腰花話梅鴨舌桂花熏魚糟溜魚片小餛飩生煎饅頭雙釀團啊！

饞也是一枝花。

因為正是這種動力，讓我在所有的文學和歷史中，尋找到一個新的研究方式。比起寶黛愛情，我更關心芳官嚷著「油膩膩的誰吃」的那碟胭脂鵝脯究竟是什麼味道；林冲風雪山神廟令人唏噓英雄末路，我念念不忘的，是之前荷葉包著的二斤熟牛肉，是油滷還是醬香；胡適請客時的安徽一品鍋，究竟放了幾個雞蛋我大概是研究不出來了，可是去了徽州當地，看見那黑黢黢爐子裡新出爐的芝麻餅，我還是忍不住買一個來嘗嘗——一九五九年，那位賣芝麻餅的年輕人給大名鼎鼎的胡適之寫信詢問「英國的內閣制與美國的總統制哪個好」，最終收到了胡博士熱情洋溢的回信。

你看，食物就是這麼神奇。在幾百年之後，建築被拆毀，服飾被更新，只有食物還在那裡，連接著整個宇宙。一個饅頭，胡適吃過，張愛玲心心念念想過，追溯到更遠——

對，武大郎的炊餅，其實就是饅頭。

《金瓶梅》是一本偉大的書。

何以偉大？在《金瓶梅》之前，中國小說的主人翁總結下來，大約是十六個字：帝王將相、英雄俠客、才子佳人、神魔鬼怪。

一言以蔽之——傳奇。

《金瓶梅》的作者，第一次把視角伸向了一個普通家庭的盛衰。西門慶原本不過是一個破落戶，卻透過自己的鑽營而發跡。可是我們所看到的，並不完全是西門慶的發跡史，而是西門家裡的女人們的生活。

事實上，如果沒有《金瓶梅》，就沒有《紅樓夢》。曹雪芹肯定是看過《金瓶梅》的。脂硯齋作為曹雪芹的知己，曾經數次提到《紅樓夢》和《金瓶梅》的關係。比如《紅樓夢》第二十八回寫薛蟠、馮紫英等請酒行令時，脂硯齋這樣寫了批語：

此段與《金瓶梅》內西門慶、應伯爵在李桂姐家飲酒對看，未知孰家生動活潑。

第六十六回，柳湘蓮因尤三姐事，對寶玉跌足說「你們東府裡除那兩個石頭獅子乾淨，只怕連貓兒狗兒都不乾淨。我不做這剩忘八*」時，又有批云：

奇極之文，趣極之文。《金瓶梅》中有云「把忘八的臉打綠了」，已奇之至；此云「剩忘八」，豈不更奇？

熟悉《紅樓夢》的人都知道，曹雪芹最厲害的一招叫「草蛇灰線，伏脈於千里之外」。最明顯的是賈寶玉到警幻仙子那裡聽曲看畫冊，看到的都是自家姐妹和自己家族未來的命運。飲酒時的行酒令，占花名時的花名簽，姐妹們做的燈謎，無一不是各人命運，這種貫穿全文的寫法，讀來恍若梁柯一夢。

這種手段，早在《金瓶梅》中就已熟練應用。月娘領眾姬妾算命先生，將月娘、玉樓、金蓮、春梅等人一一細說，判詞與十二釵何其相似。而瓶兒的判詞，則在吳道觀與瓶兒看病之時道出。李瓶兒剛過世之時，西門慶對應伯爵說，前夜做夢夢到有六根簪子，斷了一支，醒來瓶兒已去。

至於語言，我們熟悉的「巴巴的」、「燒糊了的卷子」，其實都在《金瓶梅》裡出現過。

做這些對比，並不是要說《紅樓夢》脫胎於《金瓶梅》，也不是要對比《紅樓夢》和《金瓶梅》究竟哪一部更偉大，這兩部書都是我的心頭好，但坦白講，三十歲之前，我更喜歡《紅樓夢》；到了三十歲之後，我忽然就明白了《金瓶梅》。

曹雪芹是一個暖男。他骨子裡那麼悲觀，但仍舊要把那些小女兒情態，那些

編註

＊剩忘八：忘八，指妻子有外遇的男人；「剩忘八」則指把別人玩弄夠了的女人娶為妻子的男人（像吃別人吃剩的東西一樣）。

往日榮耀展現給你看，他對女兒們的感情，像極了春日暖陽。他陪你一起哭，一起笑，一起攜手看落日餘暉。

蘭陵笑笑生就冷血多了。他的筆下，潘金蓮不是好人，西門慶不是好人，李瓶兒不是好人，吳月娘不是好人，至於應伯爵之流，更不是好人……可是，我們卻從這普遍的惡意中，讀出了許多悲涼感，身為壞人的西門慶，也會抱著李瓶兒屍身嚎啕「我那好性兒有仁義的姐姐」；身為壞人的春梅，也會對著潘金蓮的荒塚流淚：「可惜你一段兒聰明，如今都埋在土裡」；壞人也有眼淚，這樣的悲涼，更像成人的世界，每個人都有自己的不得已。

三十歲之後，我才明白，蘭陵笑笑生並不是冷血，而是他看慣了生死，看慣了世情，他的悲憫，不對人物，對的是看書的讀者。他把他的悲憫都藏在文字之間，用黃段子掩埋，他想，如果你有心，你能明白我的苦意。

解讀《金瓶梅》的書，市面上有不少。我不敢說自己是蘭陵笑笑生的知己，但我確實用我更熟悉的方式——美食，企圖去解讀《金瓶梅》裡的密碼。讀完這本書，如果你能夠對《金瓶梅》和它背後的那個時代產生一點點興趣，那我一定會

「老懷寬慰」，所謂「拋磚引玉」是也。

感謝聯經出版公司，把《潘金蓮的餃子》繁體版介紹給大家，小女子在這裡唱個肥諾*，時間和能力關係，如果錯漏，請讀者寬恕則個*。

* 肥諾，躬身作揖並出聲，以示格外恭敬。
* 則個，加強語氣的語助詞。

引子一

宋朝乎？明朝也！

在開始閱讀這本書之前，我們一定要弄清楚一件事。《金瓶梅》寫的，究竟是哪個朝代的事情。

按照故事來說，這是清楚的，因為第一回裡，作者就交代得明明白白：

話說大宋徽宗皇帝政和年間，山東省東平府清河縣中，有一個風流子弟，生得狀貌魁梧，性情瀟灑，饒有幾貫家資，年紀二十六、七。這人複姓西門，單諱一個慶字。

西門慶是宋朝人，這個故事寫的是宋朝。

但實際卻不然。

讓我們同樣從上文引用的這段話裡開始說起——這個故事發生在清河縣。之所以叫清河，是因為清河附近有一條貫穿南北的大河道，向南通過臨清碼頭，可達淮上、揚州、南京、杭州、湖州等地，向北可達京城。這條河道在《金瓶梅》中，發揮了至關重要的作用。比如來旺兒從杭州乘船回「清河」（第二十五回），韓道國由揚州運貨經臨清碼頭回「清河」（第八十一回），連朱太尉從江南採取了花石綱*要回京都，欽差殿前六黃太尉由京城乘船來取花石綱，也是道經「清河」。

這條大運河在歷史上是實實在在存在的，這便是京杭大運河。

京杭大運河上，有十二個重要的碼頭，分別是瓜州、南旺、沽頭、魚台、徐、沛、呂梁、安陵、濟寧、宿遷、臨清、新河。其中，從濟寧到臨清的山東段運河開鑿於元代。元末，山東段運河一度淤廢，明永樂帝時期重新開鑿。宋朝時期的運河，通過河南而到開封（北宋都城），根本沒有山東什麼事情。

《金瓶梅》中，這樣的「疏漏」還有多處。在第三十三回裡，潘金蓮順口說了句

山東省東平府清河縣中，有一個風流子弟，生得狀貌魁梧，性情瀟灑

當時流行的歇後語：「南京沈萬三，北京枯柳樹——人的名兒，樹的影兒。」這句歇後語的意思是盡人皆知，想瞞也瞞不住。沈萬三是明太祖時有名的富豪，宋朝的潘金蓮如何知道明朝的沈萬三？

我個人傾向於認為，這是作者有意而為之。

《金瓶梅》是一部世情小說，作者要寫的，不僅僅是色情淫穢，更有當時的官場黑暗、官商勾結和平民百姓的悲苦生活。《金瓶梅》成書在明朝，當朝之人寫當朝之事，容易受到政治壓迫，假託宋朝，是可以理解的。但作者在文中多次提到明朝的人與事，是為了提醒我們，宋朝不過是假託，千萬不可當真，因為作者想要說的，就是當世之事。為了這個目的，他甚至採用了很冒險的手法，在書中出現了真正在朝廷當官的人物名字。在第六十五回迎接六黃太尉一節中，和西門慶同時出現的有韓邦奇、凌雲翼、黃甲等人。這三人都是真實存在的人物，韓乃明朝正德三年（一五〇八）進士，凌為嘉靖二十六年（一五四七）進士，黃為嘉靖二十九年（一五五〇）進士。在嘉靖年間，他們都是政府官員，韓在嘉靖二十四年（一五四五）開始擔任漕運總督，凌則從萬曆七年（一五七九）開始擔任漕運總督。

這樣的例子還有很多，比如稱山東為省、設十三省提刑官都是明朝的建制；比如數次出現了岳廟，岳飛乃是南宋人物，不可能在北宋就出現……至於飲食方面，這樣的例子就更多了。比如西門慶用來炫富的鰣魚，如果在宋朝，絕對不可能出現在山東。鰣魚產於南方春夏之交，出水即死，很難保存。因為明朝修復大運河，臨清碼頭是當時貢船的換冰之地，這才保證西門慶家的廚子可以做出「兩盤新煎鮮鰣魚」。

蘭陵笑笑生以宋朝為假託而寫明朝，可謂用心良苦。作為讀者的我們須要領情，才算不枉費作者的一片苦心。

＊花石綱，原指運送奇花異石的船。北宋徽宗時，成批運送的貨物叫「綱」。動用大批船隻向京都運送花石，每十艘船編為一「綱」，於是就稱之為「花石綱」。

引子二

玉黃李子的玄機：蘭陵笑笑生是誰的馬甲？

「蘭陵笑笑生」是個好筆名。

雖然這個筆名只發表過一部作品——《金瓶梅》。

幾百年來，無數人為了這個名字，魂牽夢繞。

他究竟是誰？

明朝人沈德符寫的《萬曆野獲編》裡，說《金瓶梅》是「嘉靖間大名士手筆」。名士，從字面上理解，就是一個很有名的人，用今天的話說，叫大V（有影響力的公眾人物）。

也就是說「蘭陵笑笑生」，是某位大V的馬甲*。這下，讀者摩拳擦掌，後世猜來猜去，據說，透過海選，有六十個候選人脫穎而出，最大嫌疑人是王世貞。

「王世貞說」是目前流傳最廣的一個說法。主要依據為，第一，《金瓶梅》寫的是山東地界的故事，王世貞為山東琅琊王氏，對山東地形清楚。第二，王世貞是嘉靖年間名氣最大的才子，算得上是文壇領袖。感覺《金瓶梅》這本奇書，只有他才有能力寫出來。第三，王世貞寫此書，為的是報復他的死對頭嚴嵩和嚴世藩父子，因為嚴嵩父子害死了王世貞的父親。

第三個理由非常有利，更為有力的證據是，嚴世藩字「東樓」，這和《金瓶梅》的主人公西門慶對應（「東樓」、「西門」）。而嚴世藩和西門慶，同樣好妻妾。嘉靖四十四年（一五六五），嚴世藩被斬殺並被抄家，結果抄出許多白綾，許嘯天所撰小說《明宮十六朝演義》裡，說得更為詳細：「世蕃每玩過一個婦女，必記淫籌一只，將來年終時，總計淫籌若干，就是玩過若干女子，把來記在簿上。據他自己說：『他日到了臨死的時候，再把簿上的婦女計算一下，看為人一世，到底玩過婦女多少了。』」這一方方的白綾，就是淫籌。

所以，這個說法得到了許多學者的支持。

我對這個看法，有點懷疑。

嚴嵩父子與王世貞有殺父之仇，王世貞對其充滿仇恨，這是毋庸置疑的。作為文人，他手中的唯一武器是筆，用文字罵嚴世蕃，這樣的事情，王世貞肯定是幹得出來的，而且我相信，他沒少幹。

但我們需要分析一下，王世貞是個怎樣的人。王家從王世貞的高祖開始，先後有七人在科場折桂*，這在當時是很了不起的。王世貞的爸爸王忬，不僅僅是進士，而且居然靠武功做到了兵部右侍郎。所以，到王世貞這一輩，王家絕對屬於書香門第、名門望族。

有怎樣的生活，就能夠寫出怎樣的文字。比如曹雪芹寫《紅樓夢》，最最精彩的無疑是「鐘鳴鼎食」之家的女兒生活，換言之，他寫不了塵世百姓柴米油鹽，也寫

---

* 馬甲，化名、冒充他人名字或帳號與人筆戰者。
* 晉武帝時，尚書左丞郤詵曾以「桂林之一枝」比喻自己舉賢良對策的才能，為天下第一。見《晉書・卷五二・郤詵傳》。後人便以折桂比喻科舉及第。

不了高官爭權宦海沉浮，因為他沒經歷過。王世貞也是如此，不是說他寫不了《金瓶梅》裡的那些悲涼，也不是說他描畫不了情色，而是——他不屑描摹，也無法感悟。

蘭陵笑笑生顯然更熟悉市井生活。

西門慶家裡的女眷，首飾多金銀，少珠玉。衣服上遍地錦妝花緞就算最好的。吳月娘和李瓶兒有皮襖，潘金蓮和李嬌兒就沒有皮襖，絕對不像《紅樓夢》裡的寶黛那樣，左一件右一件，半夜起床披的都是狐皮裡次一等的襖子，更別說什麼白狐裘雀金呢這種級別的奢侈品了。

穿衣如此，吃飯更是如此。

西門慶平時吃的小廚房就是孫雪娥主廚，高級的酥油泡螺就李瓶兒會弄。同樣是包餃子，潘金蓮就是一籠蒸肉角兒，李瓶兒就是「洗手剔甲包了些一寸大小蔥花羊肉餡的扁食」。粗精窮富就是這麼區別出來的。

蘭陵笑笑生對於高級宴席，有種說不出的陌生感，寫來寫去，都是「說不盡餚列珍羞，湯陳桃浪，酒泛金波」，宴會的排場也不過是「簫韶盈耳，鼓樂喧闐」。第四十九回裡，西門慶迎請宋、蔡兩巡按時，著重寫送給宋、蔡的手下人「階下兩位轎上跟從人，每位五十瓶酒，五百點心，一百斤熟肉，都領下去」，這當然是為了襯托西門慶的暴發戶風格，然而實在不是大家行徑。

生日宴，則是「香焚寶鼎，花插金瓶。器列象州之古玩，簾開合浦之明珠。水晶盤內，高堆火棗交梨；碧玉杯中，滿泛瓊漿玉液。烹龍肝，炮鳳腑，果然下箸了萬錢；黑熊掌，紫駝蹄，酒後獻來香滿座。碾破鳳團，白玉甌中分白浪；斟來瓊液，紫金壺內噴清香。畢竟壓賽孟嘗君，只此敢欺石崇富」。

可一寫到家常吃食，蘭陵笑笑生就來了勁兒，「先放了四碟菜果，然後又放了四碟案酒：鮮紅鄧鄧的泰州鴨蛋，曲灣灣王瓜拌遼東金蝦，香噴噴油碟的燒骨禿，肥肥乾蒸的劈曬雞。第二道，又是四碗嗄飯*：一甌兒濾蒸的燒鴨，一甌兒水晶膀蹄，一甌兒白煠豬肉，一甌兒炮炒的腰子。落後才是裡外青花白地磁盤盛著一盤紅馥馥柳蒸的糟鰣魚，馨香美味，入口而化，骨刺皆香」。

* 嗄飯，一是指常見的下飯菜，二是指下酒菜，三是指宴席中比較重要的幾個菜，就像今天所謂的「主菜」。

這哪裡是寫「柔綠篙添梅子雨，淡黃衫耐藕絲風」的才子王世貞的手筆呢？這分明更接近河南曲子《關公辭曹》：「曹孟德在馬上一聲大叫，關二弟聽我說你且慢逃。在許都我待你哪點兒不好，頓頓飯包餃子又炸油條。你曹大嫂親自下廚燒鍋燎灶，大冷天只忙得熱汗不消。白麵饃夾臘肉你吃膩了，又給你蒸一鍋馬齒莧包。搬蒜臼還把蒜汁搗，蘿蔔絲拌香油調了一瓢。我對你一片心蒼天可表！」

不過，有一個食物的出現，讓我忽然對這個作者的生活範圍，產生了些許新的感觸。

玉黃李子。這種李子在《金瓶梅》裡出現的次數不少，分別是第二十七回、三十二回、三十三回和五十二回。李子這種食物，因為含汁較多，並不適合長途運輸，且種植難度不大，全國各省都有，所以，每個地區都有自己的本地李子，換言之，李子是很少流通到外地的，當地人吃當地產的李子，這是明清兩代延續至今的習慣。

這麼多次提到玉黃李子，說明作者十分熟悉這種品名的李子。比如上海地區的作者，都會很熟悉馬陸葡萄，我在多個上海作家的筆下，就都看到過這個葡萄的名稱——無他，熟爾。

那麼，我們不妨考證一下，玉黃李子究竟在哪裡盛產呢？玉黃李子，是明朝的著名李子品種。事實上，從元代開始，這種李子就出現了，王禎《農書》載：「御黃李，形大、肉厚、核小、甘香而美。」北京最早的志書——元代《析津志》裡，在每年五月進獻皇帝與向太廟薦新*的果品中，都有一種叫作「御黃子」的水果，八月上市的果品中也有「御黃子」；永樂《順天府志》卷十〈土產〉一節，也兩次提到「御黃子」這個水果名字，並有小注：「如江西蘇山李，核小，惟黃不紅，味者甘。」

既然名字裡帶個「御」字，大約便是皇帝才能吃的果品，由此可見其珍貴程度。而到了明代，因為嘉靖皇帝對這種李子的讚賞，「御黃李」被改名為「玉皇李」，嘉靖皇帝是在湖北做的藩王，他當了皇帝之後，湖北地區每年都有進貢這種李子的紀錄，並且成功將這種水果的種子引進到了北京。到萬曆年間編纂的《順天府志》裡，玉皇、青脆、牛心紅等李子，已經被作為北京特產了。到了清初的《帝京

* 薦新，以當季新鮮的食品祭獻。

歲時紀勝》，則有「五月李，則有御黃李、麝香紅」之說，康熙年間編纂的《大興縣誌》記載的李子品種中，也有玉皇李、青脆、麝香紅等等。

這就是說，從嘉靖年間開始，玉皇李成為北京特產，仍然是皇室貢品。

值得注意的是，《金瓶梅》第三十三回，陳經濟唱《山坡羊》小曲，其中一段全由果子的名字組成：

我唱了慢慢吃。我唱個果子名《山坡羊》你聽：初相交，在桃園兒裡結義。相交下來，把你當玉黃李子兒抬舉。人人說你在青翠花家飲酒，氣的我把頻波臉兒撾的粉粉的碎。我把你賊，你學了虎刺賓了，外實裡虛，氣的我李子眼兒珠淚垂。我使的一對桃奴兒尋你，見你在軟棗兒樹下就和我別離了去。氣的我鶴頂紅剪一柳青絲兒來呵，你海東紅反說我理虧。罵了句生心紅的強賊，逼的我急了，我在吊枝幹兒上尋個無常，到三秋，我看你倚靠著誰？

除了前面提到的玉黃李子，還有「青翠」（李子名）、「頻波」（蘋果）、軟棗兒、「虎刺賓」和「海東紅」。這六樣水果，都是當時的北京特產，前四種都可解，「虎刺賓」是北京一種類似蘋果的水果，《光緒順天府志》云：「虎刺賓即檳子，似頻婆，果差小，體微長。」「海東紅」則是一種杏子，《宛平縣誌》中有介紹，北京的杏，「有土杏、海東紅、金梅、水梅」等品名。

這些特產，如果作者不是長期生活在北京，應該是無法接觸到的，所以，我認為《金瓶梅》的作者無論是不是王世貞，都應該是熟悉北京、了解北京，甚至長期生活在北京的。

可他究竟是誰？

這個猜謎遊戲，已經進行了幾百年，恐怕，還要繼續猜下去。

春

《金瓶梅》裡的春天，
有鞦韆，露濃花瘦；
有雙陸，俏語藏春。
不過，最春意盎然的情節屬於宋蕙蓮，
她在早春時節和西門慶在藏春塢裡哆嗦著偷情，
乍暖還寒，地下還籠了炭火。
對於蕙蓮，我始終有憐愛，大約因為，
她為我們貢獻了一個那麼完美的燒豬頭，
讓我們看到，
吃豬頭的美人，
亦是可愛的。

一 吳月娘愛的，賈母不待見的，都是這杯六安茶

西門慶家喝茶，有一種山東人的豪爽，這和當家吳月娘的趣味分不開。

吳月娘的父親是清河左衛吳千戶。明代全國大概有五百多個衛所，每個衛所一般有五個千戶。千戶的品級是正／從五品，明代縣令一般是正七品，知府是正四品。所以千戶的品級高於縣令，低於知府。

這樣的出身，比起「破落戶」出身的西門慶來當然是高，但要是和《紅樓夢》的老祖宗比起來，那只能是螻蟻之於泰山了。賈母的喝茶觀在書中只出現過一次，那是在櫳翠庵，面對妙玉端出來的「成窯五彩小蓋鍾」，賈母說：「我不吃六安茶。」妙玉回答：「知道，這是老君眉。」

賈母不待見的六安茶，吳月娘卻愛得不得了。正月裡，西門慶的妻妾們輪流做

吳月娘約三九年紀，生得面如銀盆，眼如杏子，舉止溫柔，持重寡言

東請客，輪到李瓶兒，吃得當然格外地好，因為李瓶兒有錢。於是，吳月娘吩咐丫鬟：「上房揀妝*裡有六安茶，頓一壺來俺們吃。」

六安茶自然產自六安。六安乃行政區域，大體範圍位於長江以北，合肥以西，自古就是貢茶產地，明代許次紓所著的《茶疏》開篇就提到：「天下名山，必產靈草。江南地暖，故獨宜茶。大江以北，則稱六安，然六安乃其郡名，其實產霍山縣之大蜀山也。」從明朝開始，六安州就開始進貢茶葉，《霍山縣誌》內有「六安州歲貢茶二百袋，每袋重一斤十二兩，明制也。自弘治七年分設霍山縣，後隨定額分辨，州辨二十五袋，縣辨一百七十五袋」的紀載。

既然可以入貢，檔次自然不低。《國朝宮史．日用》中記載：「皇貴妃、貴妃、妃、嬪每月例用六安茶十四兩、天池茶八兩；貴人每月六安茶七兩、天池茶四兩。」珍貴如此，西門慶家的六安茶難怪被收在正房，而賈家的六安茶，也很有可能是元妃所賜。

---

* 揀妝，古代婦女用的梳妝匣子。

值得探討的是，這裡的六安茶，都不太可能是我們現在常說的六安瓜片。因為六安瓜片創製於清末，在六安茶系裡屬於後起之秀。而《紅樓夢》在乾隆中葉以後，帶脂硯齋評的八十回抄本日多，嘉慶時已經公開在廟市中抄買了。上文提到的六安茶應該是六安茶系裡的早期品種。

六安茶可以解膩，適合大魚大肉之後，針對賈母所說的「我們吃了些酒肉」，其實正合適，那她為什麼討厭六安茶呢？這大約是因為六安茶的味道偏苦。清代陸廷燦的《續茶經》中寫道：六安茶「品亦精，入藥最效。但不善炒，不能發香，而味苦，茶之本性實佳」。相比之下，「老君眉」則是湖南洞庭湖君山所產的銀針茶，原料幼嫩而做工精細，黃茶特有的燜黃工序令茶葉苦澀味兒減弱，滋味更加甜醇。這樣的口感，自然是比入口偏苦的六安茶更易於接受。

吳月娘對於六安茶的處理，卻是劉姥姥的水平。「頓一壺」，便是劉姥姥說的「熬熬」，這種吃法，全然破壞了六安茶的本味。袁枚最反對熬茶：「我見士大夫生長杭州，一入宦場，便吃熬茶，其苦如藥，其色如血，此不過腸肥腦滿之人吃檳榔法也，俗矣！」不過，細細一想，吳月娘是夢見大紅絨袍兒被搶走都會著急的婦女，喝茶品味如此，被安上「俗」字絕不冤枉！

二　倒殘＝杯麻姑酒

中國人最喜歡設立「代言人」，掌管發財的是財神，負責生育的是觀音，連管做飯好吃的都有一個灶王。不過，「五福壽為先」，甭管吃好睡好生兒子好家大業大，都不如活得長重要。

幾千年來，要論代言人，誰也沒有「壽仙」來得多：壽星、南極仙翁、彭祖、西王母、麻姑……這麼多「壽仙」，如何各司其職呢？乾坤道異，男女有別，男壽星圖畫的是慈眉善目的南極仙翁，鋥亮的腦門兒閃耀著吉祥福瑞；慶賀女壽則多用麻姑獻壽圖，與男壽星的老態龍鍾形成鮮明對比的是，麻姑的形象卻是一位妙齡少女。

麻姑當然不是臉上有麻子的道姑，杜光庭《墉城集仙錄》稱：「麻姑者，乃上真元君之亞也。」在道教的女仙譜系中，麻姑被尊奉為麻姑元君，其仙班位次僅居聖母元君（玄妙玉女）和金母元君（西王母）等少數上仙之後，地位非常崇高。但之所以變成負責長壽的神仙，大概和一則「麻姑獻壽」的神話故事分不開。據說，每年的農歷三月初三是西王母壽辰。是日，西王母在崑崙山上的瑤池仙境設下盛大的蟠桃會，宴請各路神仙。這一天，麻姑帶上她精心釀造的美酒來到蟠桃會上，敬獻給西王母以及與會群仙。西王母和眾仙一邊品嘗鮮美的蟠桃，一邊啜飲著麻姑釀製的美酒，於是，這酒也被西王母賜名「壽酒」，成為蟠桃盛會「指定用酒」。

西門慶家中，每逢女眷生辰，亦有麻姑酒。第七十三回，孟玉樓過生日，西門慶與眾妻妾在上房明間裡與孟玉樓上壽*。喝完酒，吳月娘又安排了固定活動姑子宣經，眾尼姑說了半天，「只見玉樓房中蘭香，拿了兩盒細巧素菜果碟茶食點心來，收了香爐，擺在桌上，又是一壺茶。與眾人陪三個師父吃了。然後又拿葷下飯來。打開一罈麻姑酒，眾人圍爐吃酒」。

* 上壽，敬酒、祝賀長壽之意。

正月初八，潘金蓮過生日，吃的照樣是麻姑酒，「晚夕，潘金蓮上壽，後廳小優彈唱，遞了酒」，這裡雖然沒明說，但當晚潘金蓮的母親潘姥姥到奶娘如意兒的房間歇息，春梅等人陪著她喝酒，「須臾，竹葉穿心，桃花上臉，把一錫瓶酒吃的罄淨。迎春又拿上半罈麻姑酒來」。

可見，這裡的麻姑酒，是前面給金蓮上壽時剩下的。

不過，西門慶也曾經拿麻姑酒作為李瓶兒亡故後頭七的祭祀用酒，不知道作者此處是為了嘲諷西門慶不懂規矩，還是寓意他太過寵愛李瓶兒，刻意為之。

我曾經以為麻姑酒乃是小說家杜撰，結果一查，發現確有此酒，而且，乃是著名佳釀。麻姑酒最早出自江西南城，元代陶宗儀所撰《說郛》中說：「江西麻姑酒，以泉得名。今其泉亦少，其曲乃群藥所造，浙江等處亦造此酒。」江西南城縣是歷史上的麻姑酒原產地，但河北滄州亦有麻姑酒。紀曉嵐曾在《閱微草堂筆記》為麻姑酒叫絕。說這酒只舊家世族，代相授受，能夠秘法釀造。要用衛河水，須在南川樓下，以鉛罌沉至河底，取地湧清泉。酒成，庋藏十年以上，方為上品。收貯環境既畏寒畏暑，又怕濕怕蒸。美酒難得，酒質也難得，貪杯者雖大醉，「次日亦不病酒，不過四肢暢適，怡然高臥而已」。

蒙友人惠賜，今春得了一小瓶麻姑酒，雖生日已過，也開來小酌。酒體呈琥珀色，入口頗似甜黃酒，怪不得適合女性祝壽。這樣有意思的酒如今知道的人卻不多了，實在可惜。

西門慶熱結十兄弟

三 燒麥燒賣，傻傻分不清楚

桃之夭夭，灼灼其華。

桃花開時，你能想到什麼？

我只能想到桃花燒賣，這是屬於一個美食愛好者的浪漫。

這種吃食在《金瓶梅》裡只出現了一次，卻是西門慶和清客們的家常飯食：「西門慶只吃了一個包兒，呷了一口湯，因見李銘在旁，都遞與李銘下去吃了。那應伯爵、謝希大、祝實念、韓道國，每人吃一大深碗八寶攢湯，三個大包子，還零四個桃花燒賣，只留了一個包兒壓碟兒。左右收下湯碗去，斟上酒來飲酒。」

最早在文學作品裡出現「燒賣」一詞，我記得是《快嘴李翠蓮》：「燒賣匾食有何難，三湯兩割我也會。」《快嘴李翠蓮》是宋元時期的作品，所以在那時，「燒賣」

已經是十分常見的麵食了。

不過，這個食物似乎有許多種稱呼，有「燒麥」者，「燒賣」者，亦有「稍麥」者。元代高麗出版的漢語教科書《朴通事》上記載，大都（今北京）午門外的飯店裡有「稍麥」出售。對於「稍麥」，還有兩段註解，一為：「以麥麵做成薄片，包肉蒸熟，與湯食之，方言謂之稍麥。麥亦作賣。」二為：「以麵作皮，以肉為餡，當頂作為花蕊，方言謂之稍麥。」

清人郝懿行不這麼看。他認為，「稍」是「稍稍」的意思，「言麥麵少」。因為「稍麥」裹著肉餡，外皮很薄，由此得名。郝懿行的時代，燒賣的稱呼簡直五花八門，除了上述三種，還有「稍梅」、「紗帽」、「捎美」等稱呼。

「捎美」來自清末民初薛寶辰的《素食說略》：「以生麵捻餅，置豆粉上。以碗推其邊使薄。實以髮菜、蔬、筍，撮合。蒸之。曰捎美。」薛寶辰是陝西人，這個做法應當也是陝西做法。「稍梅」的稱呼出自湖北，我覺得大概是因為成品似梅花而得名。「紗帽」是上海嘉定的說法，《嘉定縣續志》云：「以麵為之，邊薄底厚，實以肉餡，蒸熟即食，最佳。因形如紗帽，故名。」

桃花燒賣是明代的家常小吃，不僅《金瓶梅》中出現過，《萬曆野獲編》亦有。所謂「桃花」，應該取的是燒麥之頂穗猶如綻放的桃蕊，和古人所說的「當頂作為花蕊」相合。明清小說裡，燒賣出現的頻率很高，比如《儒林外史》第十回：「席上上了兩盤點心，一盤豬肉心的燒賣，一盤鵝油白糖蒸的餃兒。」清朝乾隆年間的竹枝詞有「燒麥餛飩列滿盤」的說法。李鬥《揚州畫舫錄》、顧祿《桐橋倚棹錄》等書中均有「燒賣」一詞的出現。

燒賣的流傳方向，是由北而南，因為餡料的不同，出現了各種種類的燒賣。南方人的燒賣裡有浸泡蒸熟的糯米，再配上豬肉餡料炒製而成。我初到北京時，像個遊客一般去吃「都一處」的燒賣，據說，這是被乾隆皇帝點過名的燒賣。形狀特別精美，不過個大皮厚，吃下去只有飽，覺得不過是一大碗著了味道的米飯，實在一般。乾隆皇帝的鑒賞力確實不怎麼樣，下江南吃一回蘇州紅燒肉，都能感動中國，立刻把燒紅燒肉的廚子張東官帶回紫禁城，要是他吃了下沙燒賣，大概要把整個店都搬去北京。

是的，在我的燒賣地圖裡，上海的下沙燒賣是當之無愧排名第一的。第一次吃，簡直驚艷，精髓在裡面細碎碎的筍丁，還有若有若無的一點肉皮湯，一咬，真正鮮掉了眉毛。這幾年滿大街都是「下沙燒賣」，分不清哪家正宗哪家偽劣，媽媽曾經給我買過一次，裡面居然加了醬油，一股醬肉包的味道。

看來，就連燒賣也是「人生若只如初見」啊！

四 那個著名的豬頭

自從我開始寫《潘金蓮的餃子》這本書，就總有人問我：

「什麼時候才能輪到豬頭？」

「別忘了豬頭。」

對對對，我知道你們都惦記著，那一根柴禾燒的豬頭。

這個豬頭有多著名？據說，當年社科院文學所的某研究員給投考他名下碩士研究生的考生出了道題：「《金瓶梅》人物中，誰用一根柴禾燒爛了一個豬頭？」

豬頭是宋蕙蓮做的，然後這功勞卻要記在小潘潘頭上。正月裡，主人和主婦出門走親戚，金蓮、玉樓和瓶兒三個人在房裡下棋，玉樓提議輸了的要出錢，分明是針對李瓶兒——以金蓮和玉樓的聰明，李瓶兒的這盤棋，必輸無疑。

金蓮的提議實在別致，「賭五錢銀子東道，三錢銀子買金華酒兒，那二錢買個豬頭來，教來旺媳婦子燒豬頭咱們吃。說他會燒的好豬頭，只用一根柴禾兒，燒的稀爛」。下棋的是美人，商議吃豬頭的也是美人。這是《金瓶梅》作者的高明之處，這不是官宦家的美人，是商人家的美人，雖然有點粗俗，卻委實鮮活。

細心的玉樓故意問：「大姐姐不在家，卻怎的計較？」自從李瓶兒嫁進來之後，玉樓和金蓮總是形影不離，貌似結盟，玉樓卻比金蓮更聰明。連吃個豬頭，都不忘了禮數。金蓮心大，只說：「存下一分兒，送在他屋裡，也是一般。」

果然，李瓶兒輸了，這個書裡最誘人的豬頭，終於激動人心地呈現在我們面前：

「起到大廚灶裡，舀了一鍋水，把那豬首蹄子剃刷乾淨，只用的一根長柴禾安在灶內，用一大碗油醬，並茴香大料，拌的停當，上下錫古子扣定。那消一個時辰，把個豬頭燒的皮脫肉化，香噴噴五味俱全。」

不過百字，活色生香。兩個小時就能把豬頭燒爛，一來在於灶頭火旺，二來確實是蕙蓮的本事。她用「錫古子」扣定，是為了讓鍋內的高溫蒸汽不散發。「錫古子」是何物？《金瓶梅大辭典》釋義為：「有合縫蓋子的錫鍋，上下相合圓形如鼓，應作『錫鼓子』。」有四川朋友告訴我，四川方言裡也有「古子」（應寫作「鹽子」），一般多指盛食物用的器皿，其狀為鼓形，過去多為土陶、搪瓷製品。從文中看，這「錫古子」也許就是明朝的高壓鍋吧。

宋蕙蓮這個姑娘，品味不高，喜歡穿「怪模怪樣」的紅袖對襟襖紫色裙子，做飯手藝卻委實高超。她原本是賣棺材宋仁的女兒，先前賣在蔡通判家裡，和夫人合夥偷漢子，結果被趕了出來，嫁給了廚子蔣聰。蔣聰死後，月娘又把她嫁給了來旺兒。燒豬頭的本事，應該是跟前夫蔣聰學的。

宋蕙蓮在整本書裡，出現不過短短五回，西門慶霸佔的女子，蕙蓮不是第一個，也不是最後一個。金蓮先肯容她，還為她和西門慶的偷情打掩護，然而蕙蓮第一個嘲笑的，居然就是金蓮，理由是自己的腳更小一些。和西門慶苟且的時候，也只有蕙蓮，想到的是和西門慶要錢要衣服要首飾，甚至要香茶餅（明朝口香糖）！

可也是這個蕙蓮，在丈夫來旺兒被西門慶逼死之後，居然上吊死了。一個一輩子慣於偷漢的婦人，居然這樣貞烈。這樣複雜的人物，大概只有《金瓶梅》裡才有，「看不出他旺官娘子，原來也是個辣菜根子，和他大爹白搽白折*的平上。」

我始終對於這個燒豬頭的蕙蓮，存著一絲敬意。

* 白搽白折，比喻雙方針鋒相對、互相槓上。

五 沒有核桃的核桃肉

胡蘭成說：「《金瓶梅》裡的人物，正如陰雨天所留下沒有洗的綢緞衣裳，有濃濃的人體的氣味。」我倒愛這「濃濃的人體的氣味」，乃是十足的人間風趣。

飲食亦是如此，吃螃蟹宴要就合歡花浸的燒酒，這是《紅樓夢》。然而到了西門慶家，便是四十個黃澄澄、香噴噴的炸釀螃蟹，煙火而爽利。蘭陵笑笑生寫筵席菜，並不擅長，不過是「金壺斟下液，翠盞貯羊羔」，他本比不上雪芹的風雅；然而論家常菜，恐怕曹公也只能甘拜下風。

比如核桃肉，賈寶玉大概就不知道這是什麼東西。

核桃肉在《金瓶梅》中，是一道下飯菜，「用羊角蔥炑炒」。「炑」字在字典中不常見，我疑心是「氽」的通假字。

核桃肉和核桃有什麼關係嗎？我曾經吃過一家頗有名氣的小館子，菜牌上亦有「核桃肉」一味。當時飢腸轆轆，便點了來送飯。結果一上桌，奴家傻眼了：

乃是一盤炸過的核桃炒肉絲。

和我一樣遭遇的還有梁實秋。他吃到的是「一盤炸腰花，拌上一些炸核桃仁」。這道菜想來不會好吃，梁實秋說得很誠懇：「軟炸腰花當然是很好吃的一樣菜，如果炸的火候合適。炸核桃仁當然也很好吃，即使不是甜的也很可口。但是核桃仁與腰花雜放在一個盤子裡則似很勉強。一軟一脆，頗不調和。」

所謂核桃，實際乃是一種花紋，所謂「核桃花刀」是也。我曾和大廚大董聊天，他剛入行時，跟著師傅學刀工，天天切腰花：麥穗花刀、梳子花刀、竹子花刀、核桃花刀、蜈蚣花刀……核桃花刀也稱釘字花刀，切法是先用直刀剞上一條條平行的刀紋，再用直刀交叉成直角，剞上一條條平行的刀紋，不可切斷，這樣食物加熱後，四角捲曲，頗似核桃。大董說，要練好這些刀法，沒有別的訣竅，只能熟能生巧。那時候，小徒弟們都暗暗較勁，買二十斤腰子，大家都搶著切，誰都想多練一下。

腰花是下水，屬於賤物，陳寅恪讀書時，把錢都拿去買書，日日吃炒腰花度日，苦不堪言。我覺得這大約因為北地餐館不善治腰花，我在北京吃的核桃腰花，總是過火而乾硬，味同嚼蠟，還是江浙本地館子做得好，嫩到極點，吃到嘴裡卻是沒有腥氣的。在四川吃過一味熗腰花，更是絕品，算是腰花裡的異數了。

李嬌兒生日吃的核桃肉，和腰花沒什麼關係，而是用核桃花刀處理的肉入水汆熟，然後與羊角蔥爆炒。來北京之前，我從未見過羊角蔥，出差去濟南時，於路邊店吃過一次，昏黃燈光下，見了點點嫩綠，有種喜上眉梢的暖，入口卻是辣，伴著乍暖還寒的早春二月，倒很相宜。

後來才知道，羊角蔥春天才有。在深秋時，人們將大蔥捆好。一排排的碼放*在屋檐下。當寒風刮來的時候，用草簾子蓋上，一入冬就可以食用了。到了春天，老蔥生芽，嫩綠的青蔥彎彎的，好似羊角，這便是羊角蔥。

羊角蔥味道不算出色，卻留下了一句著名的北方歇後語：「羊角蔥靠南牆——

* 碼放，把物品整齊地堆疊好。

越發老辣。」《金瓶梅》裡，這句歇後語居然出現了三次，最讓人印象深刻的，乃是西門慶因為吳月娘雪夜禱告，夫妻重歸於好。孟玉樓、潘金蓮和李瓶兒湊了銀子買了金華酒，「在後廳明間內，設錦帳圍屏，放下梅花暖簾，爐安獸炭，擺列酒席」。好面子的西門慶看見「李嬌兒把盞，孟玉樓執壺，潘金蓮捧菜，李瓶兒陪跪」，非常開心：「我兒，多有起動，孝順我老人家常禮兒罷！」金蓮心裡有氣，於是嘴快插嘴道：「羊角蔥靠南牆——越發老辣！若不是大姐姐帶攜你，俺們今日與你磕頭？」

不獨西門慶愛，這樣聰明的金蓮，我也喜歡。

六 為什麼和尚總是有好茶？

西門慶去世之後，劇情便急轉直下，死的死，走的走，「白茫茫一片大地真乾淨」，唯一的亮點來自《金瓶梅》第八十九回，清明節給西門慶掃墓的吳月娘，在郊外偶遇了一位故人——龐春梅，這次相遇有些尷尬，因為後者祭奠的，不是別人，而是吳月娘最嫉妒痛恨的潘金蓮。

她們相逢在永福寺，這是清河縣唯一的寺廟。全書第一回，尚未發跡的西門慶在商量去哪裡和謝希大、應伯爵、花子虛等人結拜時，謝希大就透露：「咱這裡無過只兩個寺院，僧家便是永福寺，道家便是玉皇廟。」

不喜歡永福寺的西門慶最終選擇了玉皇廟，而他的妻子吳月娘則在他死後的第一個清明節，鬼使神差來到永福寺祈禱——她大概怎麼也不會想到，她的老冤家潘

自從春梅生了哥兒，大奶奶死了，守備老爺就把他扶了正房，做了封贈娘子

金蓮，就長眠於永福寺後的「空心白楊樹下」。

成了守備夫人的春梅和吳月娘在寺廟裡訕訕對坐，春梅雖然給吳月娘、孟玉樓等人磕了頭，卻顯然是「春風得意馬蹄疾」，而那永福寺的長老為了巴結春梅，更加肆意奉承，不僅單單搬一把「公座椅」給春梅坐，更叫「小和尚放桌兒，擺齋上來。兩張大八仙桌子，蒸酥點心，各種素饌菜蔬，堆滿春台，絕細金芽雀舌甜水好茶」。

吳月娘明顯感受到了巨大的落差，因為之前自己的待遇不過就是「略備一茶」而已，也只好對春梅說一句：「姐姐，你自從出了家門在府中，一向奴多缺禮，沒曾看你，你休怪。」

我每看到此，只覺總算為金蓮出了一口惡氣。然而更多的，卻在琢磨那盞「絕細金芽雀舌甜水好茶」究竟是什麼滋味。

《金瓶梅》中，和尚尼姑總以茶待客。西門慶在第四十九回到永福寺，「長老合掌問訊遞茶」；第五十四回到觀音庵起經，王姑子「捧出茶來」；第九十六回，到水月寺打工的陳經濟「向頭陀討茶吃」。何止是《金瓶梅》，《紅樓夢》裡的賈母也索性直白地對妙玉說：「我們這裡坐坐，把你的好茶拿來，我們吃一杯就去了。」

問題來了，為什麼寺廟裡就一定有好茶？

茶在很久之前，就和佛教拉上了關係。一個很俗氣的說法是，在佛教當中，坐禪的人需要長時間維持不動，讓精神世界有所頓悟。這當然很不容易，坐禪的人如何抵抗睡意，沒有咖啡，不能吃有刺激性的食物，幸虧，還有提神之茶。正如《封氏聞見記》中所記載的那樣，唐代開元年間，泰山的靈岩寺「大興禪教」，和尚們坐禪，整夜不睡覺，因為不吃晚飯（不夕食），幸好允許喝茶，於是寺廟眾人「到處煮飲」，以至於成了風俗。但唐代的茶是蒸青團茶，比較濃稠，喝下去不僅提醒，而且療飢，也許從這時開始，茶便與佛家結下了不解之緣。

漸漸地，飲茶也成為悟道的一部分。《五燈會元》中，一個叫陸希聲的書生曾經去拜會仰山慧寂禪師，問他：「和尚還持戒否？」禪師回答：「不持戒。」陸生又問：「還坐禪否？」禪師回答：「不坐禪。」於是有了一個偈子：「滔滔不持戒，兀兀不坐禪，釅茶三兩碗，意在钁頭邊。」更為流傳的是「吃茶去」公案。據說，曾有兩位遠道來趙州的僧人，向趙州禪師請教「如何是禪」。趙州禪師問其中的一位說：「你以前來過嗎？」那和尚回答：「沒有來過。」趙州禪師便大聲說：「吃茶去！」又轉向另一個僧人，問：「你來過嗎？」這個僧人忙回答：「我曾經來過。」趙州禪師便又說：「吃茶去！」這時，旁邊的監院忍不住開口了：「禪師，怎麼來過的你讓他吃茶去，未曾來過的你也讓他吃茶去呢？」趙州禪師便對監院說：「吃茶去！」「佛法但平常，莫作奇特想」，趙州禪師的「吃茶去」其實就是破迷開悟的禪。

而現在的寺院中，也有許多日常陳設與茶有關。寺院設「茶堂」，可以供春梅、月娘這樣的施主喝茶；法堂設「茶鼓」，是召集僧人飲茶所擊之鼓；院裡有專門煮茶奉茶的「茶頭」，有的寺廟還有專門送茶的「施茶僧」。茶聖陸羽，便是因為從小被禪師收養，長大後專門為禪師煮茶，這才修練到茶之真味。

長老奉給春梅的那盞「絕細金芽雀舌甜水好茶」，我不曾喝過，卻總讓我想起小時候外婆常去的尼姑庵裡，那位眉毛彎彎的師太泡的黃山毛峰。玻璃杯裡，嫩黃油潤的茶葉真的似上下騰挪的雀舌在水中翻騰，湯色一點點蕩漾開去，卻始終是澄淨明亮的，長大以後，我始終不曾再見過那樣的茶色。

只可惜，無論是春梅，還是月娘，甚至是孟玉樓，大概都沒有心情品茶，再好的佳茗，不過是一杯苦水而已。

七 乾娘來碗茶，多擱土豆

喝茶是一件風雅的事情嗎？

小時候覺得是。因為受《紅樓夢》的茶毒，看到妙玉的小茶會。那坑了姐好幾年不認識的字「瓟斝」，還有連黛玉都變成俗人「喝不出梅花上的雪」是什麼滋味。我那時覺得自己是不配喝茶的。

後來才知道，這茶局，不過是妙玉小姐撩騷賈寶玉的小心機而已。

也參加過幾次茶會，完全是個修羅場。曾經被前輩帶去京都的一場茶會，之前鄭重地借了一身和服，前輩說，你第一次去，別穿太顯眼。於是選了素色的。結果大媽們輕輕一瞥，忽然微笑著用軟糯京都腔說：「你這麼年輕，穿這麼樸素的，叫我們這些老傢伙怎麼辦呢？」頓時嚇出一身冷汗。

這還不算什麼，最可怕的是在國內的茶會。不知道什麼流派的擺設，三兩處都插著花，案上擺著佛手。然而一群賊頭賊腦的人，呼啦啦進來，四處拍照，一個人來的帶著自拍桿，在案桌前大呼小叫。主人泡茶居然還有古琴伴奏，泡的什麼茶已經忘了，旁邊人都一副「我最懂茶你們誰有我懂茶不懂就別瞎嚷嚷」的神情。醉翁之意不在茶，在喝完茶之後賣鐵壺、賣茶碗、賣花瓶，還有賣茶。

老天爺！

我寧可穿越回明朝，去喝一碗王婆的茶。

《金瓶梅》時代，茶的飲用方法正在悄悄發生著變革。王婆雖然兼職做媒婆，主業卻是開茶坊，我們看到有「賣了一個泡茶」的經營紀錄，但更多的是「烹茶」和「煮茶」。劉獻廷在《廣陽雜記》裡曾說：「古時之茶，曰煮，曰烹，須湯如蟹眼，茶味方中。今之茶惟用沸湯投之，稍著火即色黃而味澀，不中飲矣。乃知古今之法亦自不同也。」劉是清初人，由此可知，到了清代初期，茶的飲用方式才完全轉換為只泡不烹。

西門慶家的茶，亦是有泡有烹。不過，品味卻不大好。大老婆吳月娘雖然曾經親自掃雪，請姐妹們吃她自己烹的「江南風團雀舌芽茶」，但我卻牢牢記著她吩咐宋蕙蓮「頓」一壺六安茶的舉動。《紅樓夢》裡，劉姥姥說那杯老君眉，「好是好，就是淡了些，須要再熬熬」，這和吳月娘是一樣的路數。妙玉見劉姥姥如此，已經嫌棄得不得了，若是知道了西門慶家裡的奇葩泡茶，恐怕更要大皺眉頭。

《金瓶梅》的美人都是家常美人，吃不慣《紅樓夢》裡姑娘們的清茶。他們喜歡在茶裡摻入各種配料，並且把配料一起吃掉。說起這些配料，簡直讓你大開眼界。

有花果入茶的，比如王婆請潘金蓮吃「濃濃點一盞胡桃松子泡茶」便是把少許胡桃肉、松子，與茶葉一起注入沸水冲泡。西門慶和孟玉樓相親，吃的是「蜜餞金橙子泡茶」，金橙子我疑心乃是金橘，用蜜糖醃漬後入茶，這種吃法，如今江南地區尚有。妓女李桂姐處，常備的茶是玫瑰潑滷瓜仁泡茶，大約是玫瑰花和瓜子仁等與茶葉共泡。

有鹽薑等調料入茶的。此乃唐宋之飲茶遺風，明朝時已經式微，專在北方地區流行。宋人蘇轍在〈和子瞻煎茶〉詩中曾經感慨：「君不見，閩中茶品天下高，傾身事茶不知勞；又不見，北方茗飲無不有，鹽酪椒薑誇滿口。」這種喝茶方法，在

《金瓶梅》中並不少見。第三十七回，王六兒「濃濃點一盞胡桃夾鹽筍泡茶」給西門慶；第五十四回，西門慶請任醫官為李瓶兒看病，先是一鍾燕豆子撒的茶，又換一鍾鹹櫻桃茶；第七十一回，西門慶在何千戶家，「何千戶又早出來陪侍吃了薑茶」。

我一直很難想像這種茶的滋味，直到去年去了汕尾，主人家熱情好客，叫我留著，定要吃一碗當地的擂茶。她坐在院中，取了長長的擂棍，把茶葉、芝麻、花生、生薑、食鹽、山蒼子放到擂鉢裡研磨，然後沖了開水，加上炒米，端給我喝——「你好福氣，我兒子三年沒喝到擂茶了，在電話裡哭。」端茶的母親眼睛濕潤，嚇得我沒敢吐掉嘴裡的茶，趕緊一飲而盡。

《金瓶梅》裡，以上都算不得奇葩，更可怕的乃是蔬菜入茶。夏提刑造訪西門慶，西門慶招待的青豆茶還算尋常，吳月娘聽薛姑子說佛法，奉給眾人的乃是一道「土豆泡茶」；第七十五回，申二姐等幾個人一起喝的，居然是「芫荽芝麻茶」。所謂芫荽，就是香菜，反香菜黨們，你們還想穿越嗎？

最極品的茶，依舊出自我們的潘金蓮小姐，第七十二回，她點了一盞「芝麻鹽筍栗絲瓜仁核桃仁夾春不老海青拿天鵝木樨玫瑰潑滷六安雀舌芽茶」。我看《金瓶梅》數十遍，至今不能一口氣讀完這道茶名。

就連斷句，也曾經讓學者們大為頭疼。芝麻鹽筍、栗絲、瓜仁、核桃仁還算平常，春不老說的是雪裡蕻鹹菜，木樨玫瑰潑滷指的是用桂花玫瑰花醃製的糖滷，也不難理解，最難的，便是「海青拿天鵝」五個字。

在學界，有人認為「海青」是青橄欖，「拿天鵝」是白果；也有人說「春不老」和「海青」應在一起，意指綠色的鹹菜，而「天鵝」指的是白色的核桃仁；也有人說，這茶中有鵝肉，所以以「海青拿天鵝」做比，簡直是匪夷所思了。

「海青拿天鵝」是一套曲子。海青便是海東青，是一種鵰的名稱，遼代貴族冬日狩獵，以海東青為獵鷹，捕捉天鵝。這種風俗被女真和蒙古人承襲，到了元代琵琶大曲中，便有了「海青拿天鵝」一套曲調。明代中期，此曲流行於北方，徐渭曾經寫詩，記載他在河北宣化聽到蘆笙吹奏的「海青拿天鵝」。

根據這個解釋，林石城教授猜測，「海青拿天鵝」比喻的是吃茶的方法，吃茶時，要伸出指頭到茶裡去撈取這些食品，和海東青捕食天鵝的手法形似。我覺得也很牽強。我的個人觀點，這是以「海青拿天鵝」一曲，比喻這道茶手法複雜，小潘潘此舉，有炫技的嫌疑，因為是專門奉獻給西門慶吃的，西門慶才「呷了一口」，便「滿生歡喜」。我細想這茶的味道，有甜有鹹有酸，不知如何能歡喜？

配合這茶的，還有專門的茶具。西門慶家裡的茶具，非金即銀，缺少《紅樓夢》裡的古玩名器，但卻常常寫到「金杏葉茶勺」、「銀杏葉茶勺」。喝西門慶家的茶，需要茶勺，為的是撈取茶水中的果品筍乾，也可以撩撥漂浮在水面上的茶葉。

這一套茶，雖然廣受老百姓的喜愛，在文人眼中，簡直是邪教。陸羽的《茶經》中就批評了「用蔥、薑、棗、橘皮、茱萸、薄果」等煮茶的方法，認為這種失去了茶的真味，變成「溝間棄水」。蔡襄的《茶錄》裡，也抨擊民間烹茶，「又雜珍果香草」，「恐奪其真」。顧元慶的《茶譜》裡，把西門慶家的喝茶習俗表述得更為明確：

> 茶有真香，有佳味，有正色。烹點之際，不宜以珍果香草雜之。奪其香者，松子、柑橙、杏仁、蓮心、木香、梅花、茉莉、薔薇、木樨之類是也。奪其味者，牛乳、番桃、荔枝、圓眼、水梨、枇杷之類是也。奪其色者，柿餅、膠

棗、火桃、楊梅、橙橘之類者是也。凡飲佳茶，去果方覺清絕，雜之則無辨矣。若必曰所宜，核桃、榛子、瓜仁、棗仁、菱米、欖仁、栗子、雞頭、銀杏、山藥、筍乾、芝麻、莒蒿、芹菜之類精製，或可用也。

顧元慶雖然抨擊了花果入茶，卻仍舊允許芹菜、山藥之類，這在我們現代人看來，仍舊是異端邪教，不可理解。不過，我在寧夏旅遊時，曾經喝過一種甜茶，是用紅糖、枸杞、桂圓、胡桃肉和磚茶合在一起煮出來。寒冷冬日，飽餐一頓羊肉後，喝這種甜茶，簡直是無上享受。

我寧可喝一碗土豆茶，也不願意去參加那些莫名其妙的風雅茶會。

八　把西門慶說臉紅的黃段子高手

《金瓶梅》一書裡，王婆算是個奇人。

開一個小茶坊，主營業務卻不是賣茶，「便是積年通殷勤，做媒婆，做賣婆，做牙婆，又會收小的，也會抱腰，又善放刁，端的看不出這婆子的本事來。」媒婆管做媒，牙婆管拐賣婦女兒童，「會收小的」指的是會接生，「賣婆」在明代范濂的《雲間據目抄．記風俗》中解釋：「賣婆，自別郡來者，歲不上數人。近年小民之家婦女，稍可外出者，稱賣婆。或兌換金珠首飾，或販賣包帕花線，或包攬做面篦頭，或假充喜娘說合，苟可射利，靡所不為。而且俏其梳妝，潔其服飾，巧其言笑，入內勾引，百計宣淫，真風教之所不容也。」

由此可見，王婆真是一個無所不能的女強人，簡直包攬了當時社會上所有婦女職業。

連講黃段子，王婆也比別人強。

在「俏潘娘簾下勾情，老王婆茶坊說技」一回中，原文有一段：「西門慶叫道：『乾娘，點兩杯茶來我吃。』王婆應道：『大官人來了？連日少見，且請坐。』不多時，便濃濃點兩盞稠茶，放在桌子上。西門慶道：『乾娘，相陪我吃了茶。』王婆哈哈笑道：『我又不是你影射的，如何陪你吃茶？』西門慶也笑了，一會便問：『乾娘，間壁賣的是甚麼？』王婆道：『他家賣的拖煎河漏子，軟巴子肉，翻包著菜肉匾食，餃窩窩，蛤蜊麵，熱燙溫和大辣酥。』西門慶笑道：『你看這風婆子，只是風。』王婆笑道：『我不風，他家自有親老公。』西門慶道：『我和你說正話。他家如法做得好炊餅，我要問他買四五十個拿的家去。』」

這段對話，西門慶問的是隔壁武大郎賣的貨物，短短一百字，倒有六種食物。初看頗為不通，既然是介紹吃食，緣何連西門慶這樣的浪子，都要不好意思地說一句：「這風（瘋）婆子，只是風。」

原來，這幾種食物，暗含深意。

原來這開茶坊的王婆，也不是守本分的

據說，一九七九年，錢鍾書先生訪問美國，張洪年教授曾經請教王婆這句話的要義，錢先生的回答是：「『這是一句玩笑話，也就是西洋修辭學上所謂的Oxymoron（安排兩種詞意截然相反的詞語，放在一起，藉以造成突兀但是相輔相成的怔忡效果），像新古董novelantiques便是。』像河漏子（一種點心小食），經蒸過，就不必再拖，大辣酥（另一種點心小食），也不可同時具有熱燙、溫和的兩種情況。據此可以斷定王婆的一句風言也間接刻畫出潘金蓮在《水滸傳》中正反兩種突兀的雙重性格。」

錢先生做學問是好手，猜黃段子卻未必。

「河漏子」為蕎麥麵餄餎，是用像機床模樣的工具餄餎床子，把和好的麵團軋成滾圓長麵條，直接進開水鍋煮熟。但常規做法，不大可能用油來煎，因為一煎，就成了饊子。

「巴子肉」是肉乾，遊牧民族的吃肉習慣。「匾食」，實際當作「扁食」，是北方對餃子的稱呼，因餃子呈扁圓形，故名。元末明初施惠《幽閨記》傳奇寫一個商店的經營項目，道是「一賣肉，一賣雞，一賣燒鵝，一賣匾食」。清人西周生《醒世姻緣傳》第八十一回，狄希陳清早去察院遞訴狀，其小妾服侍他吃早點：「包的扁食，通開爐子，燉滾了水，等狄希陳梳洗完了才下（鍋）。」用乾巴子肉和菜做餃子餡，今日之內蒙古還能吃到，我吃過一次，沒有我想像中的那麼「乾巴」，聽說是和餡時注了水，但口感還是頗為奇特，有種牛肉乾餃子的感覺。

「大辣酥」卻不是錢先生所說的點心，而是蒙古語裡「酒」的意思，按照音譯翻譯過來，有時也稱作「打刺蘇」、「答刺速」等等。元雜劇《雁門關》裡有「金盞子滿斟著賽因打刺蘇」，《小尉遲》裡也有一句「買一瓶大辣酥，吃著耍」。

這幾樣食物，都有隱喻女性生殖器的含義。所以，黃霖先生主編的《金瓶梅大辭典》一言以蔽之，認為「這些食品形象『是隱指性器與性交』」。而《水滸傳》裡，王婆也說了類似的一段話，沙博理（Sidney Shapiro）的翻譯是：Ximen also laughed.「Godmother,」he queried,「what do they sell next door?」「Steaming, dripping, hot, spicy, delicious goodies.」

翻譯成中文便是：「那可都是些新鮮出爐、鮮嫩欲滴、熱辣可口的好貨色啊！」

九 山河故人，不過一碗饊子茶

每到下午四點，就到了外婆的下午茶時間。下午茶的標配是茶食，有時是一塊桃酥，有時是幾方綠豆糕，但她的最愛，始終是饊子茶。

「哎呀，你怎麼又吃這麼高油高糖的東西，告訴你兒子女兒！」叫的是保姆。然而外婆面不改色，繼續往金黃油亮的饊子上撒白糖，堆成小山也不放手：「我吃了八十多年，不比你懂？」

饊子的油，確實多。小時候，父親買一包饊子回來，不多時，墊的報紙全部被油浸透，油墨字便漸漸暈染開來。我有時便恍惚，覺得那報紙也變得可吃，發出一陣油香。

饊子對我的吸引力，大於其他茶食。因為可以時不時偷著掰一根，大人完全不能發現。含在嘴裡悄悄抿，慢慢便化了，然而那香味卻一直不散。當然，新炸的饊子更好吃，我有時被父親帶著去買饊子，看那炸饊子的人把麵團扭來扭去，然後張開手指，繞圈，抻開，放入油鍋，饊子在鍋裡沉浮，冒出細細的油泡。幾分鐘時間，一把焦脆的饊子已經出鍋，一把把整齊地排在竹匾上。這時候，父親會恩准我吃一點，「咔啦咔啦」，一半酥脆入口，另一半四散在袋底，等最後聚攏到一處，倒進嘴裡，快意江湖。

但不管如何吃，都比不上我外婆的饊子茶——碗需大，「噼噼啪啪」一陣響，把饊子掰斷，撒白糖，澆上開水的那一刻，香味就瀰漫開來。外婆喜歡等饊子全部泡軟了再開吃，我則等不及，立刻先喝一碗湯，因為時間短，一些饊子軟了，另一些還保持脆性，有一種奇妙的層次感。前幾年我去重慶，被帶著吃了一碗油茶，裡頭也有饊子，還有黃豆、花生米之類，品種豐富，但不知為何，我還是覺得單純的泡饊子好吃。

我一直以為饊子是江南地區的茶食，後來才知道，祖國山河一片紅，大地處處有饊子。

《金瓶梅》裡多次出現過的饊子是臨清饊子——據說如今仍舊可以買到。這幾乎是每家必備的茶食。如第二回，武松搬回武大家裡住，「取些銀子出來與武大，買餅饊茶果，請那兩邊鄰捨。」第三十五回裡，「那畫童兒揉著手，只是哭。玳安戲道：『我兒少哭，你娘養的你忒嬌，把饊子兒拿繩兒拴在你手兒上，你還不吃？』」第五十四回，王姑子請西門慶用茶點，擺的也是點心餅饊，饊子這種尋常點心，當然不入西門慶法眼，故而只喝了一口清茶，便放下了。西門慶是俗人，愛吃的東西不過是酸辣餛飩湯一類，倒是蘇東坡對饊子的感情更深，甚至寫過「纖手搓成玉數尋，碧油煎出嫩黃深。夜來春睡無輕重，壓扁佳人纏臂金」這樣的饊子詩。

饊子最高貴的吃法，出自老饕唐魯孫。他的回憶裡，北京的菊花鍋子，最受女士們喜愛。可供下鍋的，是鱖魚片、腰片、蝦仁、豬肚一類，當然少不了一盤白菊花瓣，最後下鍋的，是一碟細饊子。唐魯孫再三強調，不是粉絲，不是粉條，而是饊子。

我細細想了一想，還是更願意吃我外婆的饊子茶。

十　元寶蹄膀

小時候，最盼吃蹄膀，大概因為牙齒沒長好，所以最熱愛這種燉得酥爛而又味道濃郁的食物。

不知道為什麼，我家不常燒這道菜，唯有去別人家做客才能吃到。然而，蹄膀雖然是大菜，卻總是到宴席大半才端上來。看它靜靜臥在綠色小油菜之中，油晶光亮，胖墩墩，筷子戳一戳，絳紅肉皮抖一抖，心癢難耐。主人殷勤勸菜，客人們則再三推脫——早已酒足飯飽，何況，蹄膀形似元寶，乃是一個彩頭，要留給主人，是為做客之理。小朋友哪裡曉得這個道理，於是不管不顧，上來便是一筷子。

然後，就挨打了。哭得眼淚鼻涕一把抓，蹄膀還在嘴裡慢慢嚼著，耳朵裡卻是家長怒吼：「跟你說了一萬遍了，懂不懂怎麼做客？」心裡想著的，是一會兒能不能蹭一勺子肉湯，拌一會兒上來的銀絲細麵。

挨打最厲害的一次，不是因為吃蹄膀，卻和蹄膀有關。那是某年四、五月間，外婆給我炒了螺螄，做祖孫兩個的下午茶。媽媽下班進屋，正聽見我和外婆說：「王家姆媽說的，螺螄嗍嗍，蹄膀篤篤，鹹蛋剝剝，小逼戳戳，頂頂開心！」很久之後，我才知道，那次昏天黑地的挨打，和螺螄、蹄膀、鹹蛋都沒有關係，問題出在最後一句上，王家姆媽是蘇州人，那大概是一句蘇州閒話。

不過，西門慶大概也會讚賞這句話的。《金瓶梅》裡，常吃蹄膀：月娘在喬大戶家吃飯，第二道菜就是「燉爛跨蹄兒」；西門慶約應伯爵出門，也吃一碗燉蹄子。應伯爵要拜託李瓶兒對西門慶說情，便請書童花了一兩五錢，「教人買了一罈金華酒，兩隻燒鴨，兩隻雞，一錢銀子鮮魚，一肘蹄子，二錢頂皮酥果餡餅兒，一錢銀子的搽穰卷兒」。蹄膀可紅燒，亦可白煨，用外婆的話說，其實沒什麼難度，火候小，功夫足，慢慢煨著，才會好吃。西門慶家的蹄膀做法，多為紅燉，強調的是「燉爛」，大概和我一樣，愛的都是蹄膀稀爛的口感。

蹄膀家常吃，也做送人禮物。韓道國給西門慶送禮，和「一罈金華酒，一隻水

西門慶新搭的開絨線鋪夥計，也不是守本分的人，姓韓名道國，字希堯，乃是破落戶韓光頭的兒子

晶鵝，四隻燒鴨，四尾鰣魚」並列的，乃是「一副蹄子」。吳月娘收了妓女李桂姐做乾女兒，另一位妓女吳銀兒心中不忿，便對應伯爵抱怨說：「瞞著人幹事。嗔道他頭裡坐在大娘炕上，就賣弄顯出他是娘的乾女兒，剝果仁兒，定果盒，拿東拿西……我還不知道，倒是裡邊六娘剛才悄悄對我說，他替大娘做了一雙鞋，買了一盒果餡餅兒，兩隻鴨子，一大副膀蹄，兩瓶酒，老早坐了轎子來。」在一堆禮物當中，蹄膀赫然在目。倒令人想起江南人家古風，誰家保媒成功，需送媒人六十六只蹄膀，酬謝跑腿之累。

蹄膀好吃，但卻需現做。我媽那時從周莊旅遊，帶回來一隻真空包裝的「萬三蹄」，說這是沈萬三家的配方。我吃了，卻有一股很奇怪的油耗氣，肉雖爛，卻無回味，像木頭一樣。沈萬三是明朝首富，我絕不相信他家就吃這樣的蹄膀。等到自己去了周莊，才明白，路邊每一家店，店店都有「萬三蹄」，蹄山蹄海，作天作地，居然有點觸目驚心起來，叫人失了胃口。

西門慶府上，吃蹄膀也會換花樣。第三十四回，就有一味別樣的蹄膀：

說未了，酒菜齊至。先放了四碟菜果，然後又放了四碟案鮮……第二道又是四碗嗄飯：一甌兒濾蒸的燒鴨，一甌兒水晶膀蹄，一甌兒白煤豬肉，一甌兒炮炒的腰子。

古人吃飯，有一套流程。賓客進門吃飯之前，可以先吃些茶食果子，據說可防醉酒。茶點、小菜過後，便開始飲酒。喝頭一杯酒，賓客需要起身離座，主人先敬上座之賓，乾杯後，方可坐下，這就是所謂的「遞酒安席」。完畢之後，便上「案酒」——下酒菜。「案酒」之後，就是「嘎飯」，也作「下飯」，則專指吃飯的菜餚。水晶蹄膀，其實是一道涼菜。把蹄膀用小火慢煨，肉質酥爛的同時，肉湯裡會有大量的膠質。放置一夜之後，肥肉全部化為肉凍，蹄膀和著凝結的肉汁一起，晶瑩剔透，故為「水晶」。

這很容易讓人想起鎮江的「餚肉」。教我「髒話」的王家姆媽，也教過我做餚肉的方法：把豬蹄膀洗乾淨，去除雜毛，戳一些孔，灑硝水，抹香料，揉勻，平放入缸醃漬。醃好後，洗淨與滷水同煮。煮到肉酥爛，抽骨，倒入盆中，再用重物壓緊。冷透之後再切片。水晶餚肉要配鎮江香醋，醋中需要一點生薑絲，夾一塊餚肉，蘸點醋，入口，一瞬間，滷凍融化在嘴裡，忍不住又開始講那句：

螺螄啜啜，蹄膀篤篤，鹹蛋剎剎，小逼戳戳，頂頂開心。

夏

燠熱難耐時節，有潘金蓮的葡萄架，
有李瓶兒的翡翠軒，
亦有春梅的冰湃西瓜和酸梅湯。
盛夏是似錦繁花，也是濃艷的工筆畫。
在夏天，李瓶兒有了身孕，西門慶升了官；
也是在夏天，金蓮對西門慶大失所望，
終於開始和陳經濟眉來眼去。
夏日是混亂的，
有一種隱藏著的躁動，
總要發生些什麼。

十一 賈寶玉和西門慶的共同愛好

賈寶玉和西門慶有什麼共同點？

這個問題一出，一定會讓許多賈寶玉的粉絲立刻炸裂！雖然他倆都在女人圈裡混，可是我們玉兄明明只得「意淫」兩字，畢生致力於為年輕女性無私服務，怎麼能和侮辱欺壓女性的西門大官人相提並論呢？

我其實只是想說，他倆都喜歡吃酸筍——這種被我視為異端的食物。

酸筍似乎是西門慶家的常備食物，吃個夜宵，西門慶也要吩咐春梅：「把肉鮓拆上幾絲雞肉，加上酸筍韭菜，和成一大碗香噴噴餛飩湯來。」本來打算在家陪美妾，聽到李瓶兒說「他大媽媽擺下飯了，又做了些酸筍湯」，便馬上說：「我心裡還不待吃，等我去喝些湯罷。」需要說明的是，這時候西門慶還沒吃早飯。

《紅樓夢》裡，酸筍是薛姨媽拿出來的。賈寶玉和林黛玉去薛姨媽家玩，吃了姨媽自家糟的鵝掌鴨信，又做酸筍雞皮湯，「寶玉痛喝了兩碗，又吃了半碗碧梗粥」。每次讀《紅樓夢》，到此處，就會對懂吃的賈寶玉翻三百個白眼，拿酸筍雞皮湯配粥是個什麼搭配啊，這點上，賈母就更懂，她再喜歡野雞崽子湯，也不會用它下稀飯，而是另要了炸來吃，「鹹浸浸的，吃粥有味兒」。

我第一次見酸筍，是在廣西柳州。出得火車站，就聞出一股子一個月沒洗的臭襪子味。不及掩鼻，同伴欣喜不已地拉住我：「啊，快陪我去吃碗粉。」臭襪子味由淡及濃，由遠及近，噢，三分鐘之後，我徹底明白了，那味道，來自酸筍。在柳州的兩日，別的都忘了，只記得酸筍的氣味，螺螄粉、涼拌粉、湯粉、乾撈粉、炒螺、煮螺……天皇皇地皇皇，空氣中都是「酸爽」。

愛酸筍的人和恨酸筍的人，一樣極端。其實，把筍泡酸，不過是古人為了便於貯存不得已而為之的創意。明人顧岕的《海槎餘錄》錄有一段海南島上所產酸筍的文字：「酸筍大如臂，摘至用沸湯泡出苦水，投冷井水中浸二三日，取出，縷如絲，醋煮可食。好事者攜入中州，成罕物……」這段紀錄明確說明，酸筍傳至中原，是一種「稀罕物」。西門慶家在山東，並非產筍之地，吃筍的次數也不算多，而且還有好幾次，筍是用來點茶的。所以，愛吃酸筍，原因有二，一則酸筍口味重，酸酸辣辣，是解酒開胃的利器；二則酸筍是「罕物」，西門慶這種暴發戶，最喜歡這樣的食物，鰣魚如是，螃蟹如是，酸筍亦如是。

我問過廣西的朋友，酸筍也可自家泡製，和泡菜類似。盡量選夏天的筍，因為夏天的筍纖維粗，個頭也大，比較適合做酸筍。如果沒有夏筍，那就盡量以個頭大、纖維稍粗作為選材標準。切絲入缸，加純淨水密封浸泡數月，只要不見生油便可告成功。當然，成功之日、開缸之時，需要自行掂量一下，那味道你是否能承受。

如果不行，你也可以採用另一種改良版酸筍，製作者乃是宇宙第一潔癖畫家、處女座的代表、「元四家」之一倪瓚。他在《雲林堂飲食制度集》裡告訴大家，可以用鹽梅（用鹽醃漬過的梅子）、糖霜（即白砂糖）和生薑汁醃筍，一日後就可以吃。最適合做冷盤，製湯亦可。倪瓚的這種做法我也做過，其實就是不加醋的涼拌筍，清淡爽口。

不知道怎麼，我覺得賈寶玉還是更適合吃這樣的酸筍。

應伯爵道：「你們那裡曉得，江南此魚一年只過一遭兒，吃到牙縫裡剔出來都是香的。」

十二 應伯爵的鰣魚大法

西門慶養的清客裡，我最看不起應伯爵，也最佩服應伯爵。

應伯爵當然不是伯爵，《金瓶梅》中起名，多用山東方言的諧音，所謂伯爵，乃「白嚼」爾——說白了，就是一個吃白食的。

他原是開綢緞鋪應員外二兒子，賠了本錢，只好在「本司三院幫嫖貼食」。雖然落魄，卻因為奉迎西門慶，倒也不缺錢花，不缺飯吃。西門慶不算慷慨人，第三十五回，十兄弟之一的白賚光來家中蹭食，「說了半日話，來安兒才拿上茶來」，「西門慶見他不去，只得喚琴童兒廂房內放桌兒，四碟小菜，牽葷連素，一碟煎麵筋、一碟燒肉。」

相比之下，應伯爵的待遇就要好多了。西門慶有什麼好吃的，都想著應伯爵。

比如鰣魚。

鰣魚出自江南，是「長江三鮮」之一，如今已成了傳說。我幼時吃過幾次，外婆總說，端午前後的鰣魚味道最好，因為鱗上的油最厚，加幾片香菇和金華火腿，用豬油蒸，「滿屋子都是鮮味」。鰣魚很愛惜鱗甲，據說只要觸及捕撈者的漁網，立刻煩躁得狂跳亂撞，且離水便死，吃新鮮鰣魚更顯不易。明朝年間，鰣魚被規定為南京應天府的貢品。每年四月夏初，設置專門的冰窖，分水路以冰塊覆蓋鰣魚，每十五里一站，白天懸旌，晚上懸燈，向北飛送。為了保持鰣魚的溫度，送魚人在途中不准吃飯，只吃蛋、酒和冰水。

康熙二十二年，山東地方官張能麟終於忍不住了，寫了一道〈代請停供鰣魚疏〉：

一鰣之味，何關重輕！臣竊詔鰣非難供，而鰣之性難供。鰣字從時，惟四月則有，他時則無。諸魚養可生，此魚出網則息。他魚生息可餐，此魚味變極惡……若天廚珍膳，滋味萬品，何取一魚？竊計鰣產於江南之揚子江，達於京師，二千五百餘里。進貢之員，每三十里立一塘，豎立旗桿，日則懸旗，夜則懸燈，通計備馬三千餘匹，夫數千人……故一聞進貢鰣魚，凡此二三千里地當孔道之官民，實有晝夜恐懼不寧者。

康熙皇帝沒有責怪張能麟，他接受了這道上疏，下令從此以後「永免進貢」。由此可見，西門慶府中能吃上鰣魚，也是一件不得了的事。

這樣珍貴的食物，西門慶居然送了兩條給應伯爵！這鰣魚的來歷，也頗為有趣。有位劉太監的兄弟劉百戶，拿皇木蓋房，這當然是僭越，因此被抓。西門慶是副提刑，他的長官夏提刑要「饒受他一百兩銀子，還要動本參送，申行省院」。西門慶幫忙說情，於是獲得了劉太監「一口豬，送我一罈自造荷花酒，兩包糟鰣魚，重四十斤，又兩匹妝花織金緞子」的謝禮。

西門慶送應伯爵鰣魚，一半為情分，一半為炫耀。應伯爵如何不知？所以特地來謝說：「我還沒謝的哥，昨日蒙哥送了那兩尾好鰣魚與我。送了一尾與家兄去，剩下一尾，對房下說，拿刀兒劈開，送了一段與小女，餘者打成窄窄的塊兒，拿他原舊紅糟兒培著，再攬些香油，安放在一個磁罐內，留著我一早一晚吃飯兒，或遇有個人客兒來，蒸恁一碟兒上去，也不枉辜負了哥的盛情。」

鰣魚的吃法，最佳是蒸食，吃的是一個「鮮」字，應伯爵卻用糟法，為的是能久久儲藏，這種吃法，實在不多見。對此，應伯爵的理由是：「你們那裡曉得，江南此魚一年只過一遭兒。吃到牙縫裡剔出來都是香的。好容易！公道說，就是朝廷還沒吃哩！」

這話說得實在惡心，不過，卻正合了西門慶的意。從此以後，西門府幾次吃鰣魚，都有應伯爵的份兒。這個馬屁，拍得真划算，連我都有點動心了。

十三 癩葡萄與苦瓜

西門慶家的飲食，每餐都令我垂涎，只有一頓飯例外——第四十九回的胡僧之宴。

那頓飯其實是相當豐盛的，因為西門慶需要向胡僧討要那傳說中的淫藥，所以著意款待，吃了二十道菜、三道點心、一道湯，直把這位舉止不凡的和尚「吃得楞子眼兒」。

一切都打著「要春藥」的幌子，連飯菜也香艷異常，「一碟肥肥的羊貫腸」、「一碟光溜溜的滑鰍」，不知道怎麼，令人毫無食欲。還有「兩樣艷物」，拿來與胡僧下酒：一碟子癩葡萄、一碟子流心紅李子。

流心紅李稱為艷物尚可理解，癩葡萄如何可稱為艷物？

在我的記憶裡，癩葡萄是一種可怕的水果。外表如同癩蛤蟆的外皮，剖開挖出的籽兒，只有一點點甜味，卻紅得嚇人。我上幼兒園時，下午吃餐點，居然發過一次癩葡萄，班上的小朋友，嚇哭了兩個。我直接沒敢剖開，回家時經過河邊，悄悄扔了。

後來讀汪曾祺先生的《吃食和文學．苦瓜是瓜嗎》：「我的大伯父每年都要在後園裡種幾棵癩葡萄，不是為了吃，是為成熟之後摘下來裝在盤子裡看著玩的。有時也剖開一兩個，挖出籽兒來嘗嘗。有一點甜味，並不好吃。而且顏色鮮紅，如同一個一個血餅子，看起來很刺激，也使人不大敢吃它。當作菜，我沒有吃過。」他特意強調，癩葡萄就是苦瓜。

苦瓜在小朋友的心目中，亦是面目可憎的。每到初夏時節，母親總要做苦瓜。不用進廚房，聞到苦瓜焯水的味道，已經有世界末日感。苦瓜炒肉片也好，釀苦瓜也罷，我統統討厭，只好把苦瓜埋在飯底，找一切可能的機會丟掉——當然不成功，只好像吃藥一樣嚥下去，實在不能咀嚼，因為一嚼，就有一種黃連片在嘴裡融化的感覺。

雖然都很可怕，但苦瓜就是癩葡萄嗎？癩葡萄是甜的，苦瓜卻是苦的。癩葡萄吃的是籽，苦瓜吃的是果肉，看上去並不相似啊！

查閱一九八六年的《中藥大辭典》，苦瓜條目中，明明白白地告訴我們，癩葡萄就是苦瓜。《救荒本草》也把癩葡萄當成苦瓜的別名。後來請教了農學家，原來，癩葡萄和苦瓜乃是近親，確切地說，癩葡萄是一種苦瓜。實際上，作為蔬菜的苦瓜，都是未成熟的，等到完全成熟時，苦瓜的籽都是紅色的，味道也趨甜了。

這個說法令人信服，我也見過沒有成熟的癩葡萄，和苦瓜一樣呈現青綠色，偷偷吃過一口，苦澀而酸，掐過果肉的手上，還會有一股說不出的異味。雖然李時珍稱其為「一等瓜」，我還是很難喜歡上這種蔬果。

明朝初期，人們似乎一直只吃成熟的癩葡萄，而很少吃不成熟的苦瓜。到了萬曆年間，徐光啟的《農政全書》才第一次說明：「南中人甚食此物，不止於瓤，實青時採者，或生食與瓜同，用名苦瓜也。」《金瓶梅》全書出現癩葡萄只在第四十九回，但比《金瓶梅》晚的《儒林外史》，第四回就有「席上燕窩、雞鴨，此外就是廣東的柔魚苦瓜，也做兩碗」。這頓飯是在廣東高要吃的，苦瓜入菜的風俗，大約是從南方傳入北方的。

所以西門慶家，只聞癩葡萄，不聞苦瓜爾。癩葡萄之名，難登大雅之堂。聽說溫州地區把它叫作「紅娘」，亦有叫「金鈴子」、「錦荔枝」的，當然悅耳很多。不過思來想去，我還是喜歡叫它「癩葡萄」，因為癩葡萄並不嬌貴，容易存活，甚至越是近茅廁豬圈一類的地方，長得越盛，果也越多，實在有一股與生俱來的「賴」氣！

十四　勾頭雞嗉壺與琺瑯桃兒鍾

喝酒的人，講究一點的，家裡都有酒壺。

我家最早的酒器，是一把白銅壺，外公留下來的。外婆一直捨不得丟棄，她總愛給我講，在夏日黃昏，外公坐著竹藤椅，在院子裡自斟自飲，白銅壺裡的酒質量並不好，大約是加飯酒一類，外婆有時會囉唆兩句，不准外公多喝。為了這兩句囉唆，外婆至今後悔：「不叫他喝，也那麼早就走了，早知道，還不如多喝兩杯。」

那把白銅壺，外婆一直有擦拭，鋥亮鋥亮，幾乎看不出時光的痕跡。我二十歲那年，外婆破例讓我用這把壺喝了一回酒。不知道是不是因為這個機緣，從此以後，我便愛喝酒，也愛收藏酒器。

我收藏的酒器，有喝冷酒的錫壺，也有民國時期喝葡萄酒的玻璃盞，最重要的，是一把從京都古董集市上淘換回來的「嗉壺」。那攤主像極了我的外婆，坐在那裡，彷彿周圍空無一人，自顧自地看著她的那一堆寶貝。我在她的攤前站了足足五分鐘，五分鐘內，她一直在擦拭那把嗉壺。

嗉壺其實是從中國傳到日本去的，也叫酒嗉子。我喜歡它的頸細，捏在手裡，最適合自斟自飲。

我買下這把嗉壺，一是為了那老婦人；二則，這是一把「西門慶家同款」壺——勾頭雞嗉壺。

這把可愛的壺出現在第二十一回：「西門慶命李銘近前，賞酒與他吃，教小玉拿團靶勾頭雞嗉壺，滿斟窩兒酒，傾在銀琺瑯桃兒鍾內。那李銘跪在地下，滿飲三杯。西門慶又叫在桌上拿了一碟鼓蓬蓬白麵蒸餅，一碗韭菜酸筍蛤蜊湯，一盤子肥肥的大片水晶鵝，一碟香噴噴曬乾的巴子肉，一碟子柳蒸的勒鮝魚，一碟奶罐子酪酥伴的鴿子雛，用盤子托著與李銘。」

「團靶勾頭雞嗉壺」的別名是「團靶鈎頭雞脖壺」，從崇禎版《金瓶梅》的插圖可以看到，這種造型和裝飾應該是當時比較流行的樣式。在明代墓葬中，出土過好

宋御史為人浮躁，只坐了沒多大回，聽了一折戲文就起來。西門慶早令手下，把兩張桌席連金銀器已都裝在食盒內，共有二十抬，叫下人夫伺候

多把這樣的酒壺，如湖北鐘祥梁莊王墓出土有兩金一銀三把酒壺和兩個陪葬用的錫壺，其中，兩把金壺「橢圓垂腹平底，有流和鋬，帶蓋。蓋面為三級遞拱形，蓋頂有一桃形紐；流上翹，其下焊接於壺腹，並與之相通；鋬卷邊凸脊扁寬體，彎曲，其上焊接壺頸，其下焊接壺腹；壺腹兩側各凸起一桃形紋，餘皆素面」。要判斷這種酒壺，其實比較簡單，在流、鋬、頸等部位，造型上需要具備「勾頭」、「團靶」、「雞脖」三個特點。

明代日常使用的盛酒器是壺，更普遍的稱呼為酒注，有時也稱執壺。《金瓶梅》裡，有「注子」和「銀素」兩種稱呼。銀素似乎用來喝葡萄酒，第二十七回裡，西門慶叫人取了「一小銀素兒葡萄酒，兩個小金蓮蓬鍾兒，兩雙牙筯兒」，第三十四回裡也有「教迎春取了把銀素篩了來，傾酒在鍾內」的記載。「素」應該就是壺的意思。

《金瓶梅》裡提到的酒壺樣式不少，不過論及材料，不過金、銀、錫三種。粗粗一算，西門慶的家宴多用銀壺，只有在送禮或者規格很高的宴席上，才用金壺，錫瓶則多用來溫酒。這大概是因為明代官方對於酒器材料有明確的規定：「器用之禁，洪武二十六年定：公侯、一品、二品，酒注、酒盞金，餘用銀。三品至五品，酒注銀、酒盞金。六品至九品，酒注、酒盞銀，餘皆磁、漆……庶民，酒注錫，酒盞銀，餘用磁……建文四年，申飭官民不許僭用金酒爵……正德十六年定：一品、二品，器皿不用玉，止許用金。商賈、技藝家，器皿不許用銀，餘與庶民同。」

一再公布這樣的規定，是因為明代後期，金銀器在民間大量違規使用，西門慶的身分先是商賈，後依附權貴當了官，家裡的酒宴應該可以使用銀壺，但如果用金壺，就屬於違制。西門慶去東京給蔡太師上壽時，才敢「打了兩把金壽字壺，尋了兩副玉桃杯」。

值得注意的是，西門慶在和李瓶兒偷情時，李瓶兒特意叫迎春準備下「一個小方盒，都是各樣細巧果品，小金壺內滿泛瓊漿」。李瓶兒的叔公是內府花太監，有這樣的金酒壺自然是尋常事，不過，這卻是暴發戶西門慶第一次用金壺飲酒，這大約是他最刺激的偷情夜晚，所以「且歇且耍」，一直到天亮也不肯回家。

十五　王瓜乎？黃瓜耶？

任何一家北京飯館，都有同一道拿手名菜。不管你去的是衚衕*深處小店，還是路邊家常小館，當你不知道吃什麼的時候，服務員都會問你：

「拍個黃瓜？」

拍黃瓜真的是北京第一涼菜，在北京人眼裡，蓑衣黃瓜雖然看起來技術高超，卻並不能領略黃瓜的精髓。曾有一位師傅很嚴肅地告訴我，拍是一門技術，講究非常，拍黃瓜的掌力稍重，黃瓜就碎；稍輕，則不能入味。

那一刻，我覺得他是個絕頂高手。

《金瓶梅》裡沒有出現黃瓜，卻有一道疑似菜——第三十四回，西門慶在家陪應伯爵吃酒，有一碟下酒菜是「王瓜拌遼東金蝦」。

王瓜是黃瓜嗎？

查閱資料，王瓜似乎是一種可以入藥的葫蘆科草本植物，葉互生，多毛茸。夏季開花，瓣緣細裂成絲狀。果橢圓，熟時呈紅色。這是一種原生於中國的植物，早在《禮記》裡就有記載，古人說，這種瓜又名土瓜，「四月生苗，延蔓，五月開黃花，子如彈丸，生青熟赤」。李時珍在《本草綱目》裡專門有王瓜這個詞條：「土瓜，其根作土氣，其實似瓜也。或云根味如瓜，故名土瓜。王字不知何義。瓜似雹子，熟則色赤，鴉喜食之，故俗名赤雹、老鴉瓜。一葉之下一鬚，故俚人呼為公公鬚。」

也有人說，王瓜其實就是栝樓。唐代的丘光庭在《兼明書・禮記・王瓜》裡說：「《月令》：立夏之後十日王瓜生……王瓜即栝樓也。栝樓與土瓜形狀藤葉正相類，但栝樓大而土瓜小耳。以其大於土瓜，故以王字別之，《爾雅》諸言王者，皆此類也。」

＊ 衚衕，又寫做胡同。

無論是土瓜還是栝樓，都是藥物，需要曬乾或者水煎之後才能入藥，用以上兩種藥物涼拌來自遼東的金鈎蝦米，顯然是不好吃的。

所以，許多人都認為，王瓜其實就是黃瓜。有一種說法是，江南地區因為不分「王」、「黃」，所以往往把「黃瓜」誤作「王瓜」，這其實是不確切的。事實上，從元到明，北京人都曾把黃瓜叫作「王瓜」，元代的北京地方誌《析津志》所記北京物產「菜志」一欄中就有「王瓜」，而不作「黃瓜」。明初的《順天府志》中，也還把黃瓜稱為「王瓜」。但兩書在其「果之品」一節說到「瓜」時，卻又都說：「進上瓜甚大，人止可負二枚，又有小者，西山產亦佳。西瓜、甜瓜、苦瓜、冬瓜、青瓜、黃瓜。」萬曆間的《宛署雜記》所記順天府鄉試時上馬下馬二宴用的蔬菜清單，也是寫的「黃瓜」。由此可見，在元、明之際，兩種叫法在北京是共存的，或許是因為發音相近，原本就難分「黃」、「王」。

一直到民國時期，北京人仍舊經常把「黃瓜」寫作「王瓜」，老舍先生在《正紅旗下》就寫過：「到十冬臘月，她要買兩條豐台暖洞子生產的碧綠的、尖上還帶著一點黃花的王瓜。」

不知道為什麼，南方的黃瓜確實不如北方的黃瓜，水嘰嘰的、吃起來沒有黃瓜香。

我最愛夏天去菜市場，選夏初出的頂花帶刺的嫩黃瓜，一咬下去滿口香甜，那種刺，摸在手上刺拉拉的，但並不討厭。到了秋天，嫩黃瓜變成了秋黃瓜，也好吃，用刀拍碎，拿蔥油蒜泥一拌，是家常待客的好涼菜。要是不怕麻煩，也可以試試汪曾祺先生的「扦瓜皮」的做法：黃瓜（不太老即可）切成寸段，用水果刀從外至內旋成薄條，如帶，成卷。剩下的黃籽的瓜心不用。醬油、糖、花椒、大料*、桂皮、胡椒（破粒）、乾紅辣椒（整個）、味精、料酒*調勻。將扦好的瓜皮投入料汁，不時以筷子翻動，待瓜皮蘸透料汁，醃約一小時，取出瓜皮裝盤。先裝中心，然後以瓜皮瓜面朝外，層層碼好，如一小饅頭，仍以所餘料汁自滿頭頂淋下。

要是來客仍舊嫌這一味黃瓜太過簡樸，你還可以大膽地告訴他，這是清朝宮廷裡皇帝、妃子們都愛吃的名菜，后妃們的日用裡，都標明了「王瓜」的數目，從皇

* 大料，即八角。
* 料酒，烹飪用的酒。

太后到皇貴妃，都是二十條；到了貴妃和妃，則減少為八條；至於小答應，日用供給裡，王瓜就完全消失了。由此可見，在清宮裡要吃到黃瓜，可不是那麼容易的事情呢！

既然「王瓜拌遼東金蝦」裡的王瓜即黃瓜，那麼黃瓜的稱呼又是從何而來？要知道，我關於黃瓜的問號還有很多，其中一個便是，黃瓜明明是綠的，為什麼要叫黃瓜，而不叫綠瓜呢？有一個說法是，黃瓜是由西漢時期張騫出使西域時帶回中原的，最早被稱為胡瓜。《貞觀政要》有這樣一段記載，唐太宗說：「隋煬帝性好猜防，專信邪道，大忌胡人，乃至謂胡床為交床，胡瓜為黃瓜，築長城以避胡。」這段話是說，隋煬帝有鮮卑血統，反而特別忌諱胡人。他下令把胡床改名，因為胡床腿部交叉，所以改為「交床」，而胡瓜則改名為黃瓜，胡豆改名為蠶豆……這個說法似乎有那麼一點道理。不過，有一點是可以肯定的，當黃瓜長老的時候，它就真的變成了「黃」瓜，要不怎麼有一句老話那麼說，「老黃瓜刷綠漆——裝嫩」？

十六 送給蔡京的羊羔美酒

去戲院看戲，唱的是《空城計》。城內空無一人，諸葛亮對著來勢洶洶的司馬懿，彈著琴笑著說：「早預備下羊羔美酒，犒賞你的三軍」。第一次看這齣戲的友人問我：「諸葛亮這麼短時間，居然來得及殺羊？」

當然來不及。

因為，羊羔美酒指的並不是「羊羔」和「美酒」，而是一種叫「羊羔美酒」的酒。

《金瓶梅》中，羊羔酒出現的次數不算多，但次次頗有份量。第三十回，西門慶給蔡京送壽禮，和「黃烘烘金壺玉盞」、「錦繡蟒衣」一起送的便是「湯羊美酒」。蔡京一邊嘴裡說著「這禮物決不好受的」，一邊立刻給了西門慶一個五品副提刑做。

這份禮物實在划算，升了官的西門慶立刻獲得清河縣「正堂李知縣，約會四衙同僚」的賀禮，依然有「羊酒」。第七十八回中，一下子出現了兩次羊羔酒。一次是西門慶的大舅子、吳月娘的哥哥吳鎧，由千戶授本衛管事實缺時，西門慶給他慶賀的宴會上，有「羊酒花紅軸文」；另一次是都監荊忠升任東南都統制兼督漕運總兵，西門慶置酒為賀，筵席中亦有「金壺斟玉液，翠盞貯羊羔」。

羊羔酒究竟是一種什麼酒？

羊羔酒是以羊肉為重要配料而釀製的酒。釀酒時，或把羊肉羊脂浸於米漿之中，透過麴米發酵而形成肉香型的羊羔酒；也可以採用研膏浸兌的方法，把羊肉羊脂配滲於成酒之中，用酒浸泡出肉香味。羊羔酒的製作方法，元代忽思慧的《飲膳正要》和明代高濂的《遵生八箋》都有記載。如《遵生八箋》中就說：「糯米一石，如常法浸漿，肥羊肉七斤，麯十四兩，杏仁一斤煮去苦水，又同羊肉多湯煮爛，留汁七斗，拌前米飯，加木香一兩同釀，不得犯水，十日可吃，味極甘滑。」李時珍在《本草綱目》中也談到了「羊羔酒」的製作，採取的就是浸泡的方法：「羊肉五斤蒸爛，酒浸一宿，入消梨七個，同搗取汁和麯米釀酒飲之。」哪種方法釀出來的羊

西門慶給蔡京送的壽禮：「錦繡蟒衣，五彩奪目；南京紵緞，金碧交輝。湯羊美酒，盡貼封皮；異果時新，高堆盤盒。」

羔酒更好喝，有心人可以一試。

據史料記載，五代至宋初是羊羔酒的萌發時期。陶穀《清異錄》卷下記載說：「余開運中賜醲未觴，法用羶酥棧羊筒子髓置醇酒中，暖消而後飲。」「開運」是後晉王朝出帝石重貴的年號，陶穀當時在後晉當官，喝到了朝廷賜予的「醲未觴」羊羔酒，這種以羊髓為原料釀製的酒便是最初的羊羔酒。與後晉同時的南唐王朝也同樣有這種酒的存在。

許多文章裡講宋朝開國皇帝趙匡胤「杯酒釋兵權」的故事，那杯歷史上有名的酒，據說是「羊羔酒」，查了原典，無法確認。但有一點可以肯定，羊羔酒在宋朝的確屬於奢侈品。《東京夢華錄》裡就描述過一家汴京城裡的高級酒店：「此一店最是酒店上戶，銀瓶酒七十二文一角，羊羔酒八十一文一角。」「角」是盛酒的容器，宋時也做量酒的量具。在宋代，一百文錢可以買一斗米或一斤從黃河等外地運來的魚，一把菜刀不過三十文，羊羔酒之價錢可知。

羊羔酒也分地域，最有名的是汾州羊羔酒。從元人宋伯仁《酒小史》中提到「山西羊羔酒」之後，汾州一帶出產的羊羔酒開始獨冠天下。《金瓶梅》的「緋聞作者」之一王世貞曾經在《酒品前後二十絕》詩中題寫道：「羊羔酒出山西汾州孝義諸縣，白色，瑩徹如水，清美饒風味。」不知道西門慶家的羊羔酒是否是汾州出產的。

羊羔酒似乎是男性專飲酒。《金瓶梅》裡，潘金蓮是西門府中最愛喝酒的，又頗受西門慶寵愛，居然一次也沒喝過羊羔酒。不獨潘金蓮，頗有財力的李瓶兒也沒有喝過。李時珍在《本草綱目》中，認為「羔兒酒」能夠補元氣、健脾胃和益腰腎。也正因為如此，吳月娘好不容易和西門慶一度良宵後，馬上「備有羊羔美酒、雞子腰子補腎之物與他吃了，打發進衙門去了」。這是正妻的妥貼溫柔之處，潘金蓮、李瓶兒和孟玉樓都想不到。

十七　雪藕應夏

今年夏天，朋友送了我一缸荷花。

我不是種花高手，不知道這種小小的荷花，是從什麼時候培養出來的，抑或天生如此。花瓣開出來是小小的，最美的是嫩黃色的花蕊。沒有「映日荷花別樣紅」的氣勢，倒是獨有一縷清香。有意思的是，自從有了這缸荷花，連時鐘都不用了，只須看它的花骨朵——夜裡，荷花會自己收起花骨朵，早上再開放。它收起的時候，我就知道該吃晚飯了。

這缸荷花簡直毫無缺陷，我偷偷薅了一片荷葉下來做了粉蒸肉，也是芬芳撲鼻。只有一樣遺憾，缸荷的藕是不可吃的。

夏日有了藕，簡直像家裡來了美人兒，讓人愛不釋手。

愛美人的西門慶也欣賞藕的美味。畫童兒端上的「四碟鮮物」——一碟烏菱、一碟荸薺、一碟雪藕、一碟枇杷，西門慶還沒曾放到口裡，就被應伯爵和謝希大連碟子都搗過去，倒到袖子裡。

只落下藕在桌子上，還是西門慶掐了一塊，放在口內。

應伯爵和謝希大對雪藕的輕視，大概源於山東地區蓮藕的盛產。藕在中國，有三千多年的栽培歷史，種類繁多，當年韓愈在病中品嘗了湖州雪藕，居然沉痾頓癒，於是寫下「冷比雪霜甘比蜜」的好評。

這當然是因為病中缺少滋味，雪藕的甜，其實是淡淡的，像它的性格，從來不爭。長在水中，甘於困頓淤泥，不爭荷花之艷。而作為食物，若配肉糜成為藕夾，不爭肉之鮮美；若配糯米為糖藕，不爭米之豐腴；若配時蔬為湯，亦只貢獻自己一縷芳魂……但你不會忘卻它的氣息，如同美人，再怎麼恬淡，都讓人難以忘懷。

夏日吃藕，我最喜歡冷食。薄薄地切片，澆了桂花糖滷汁，在冰箱裡冰鎮過，晚飯之後端出來，是令人驚喜的夜宵。藕有脆藕、粉藕之分，夏日吃藕，適合脆藕。

要是不怕麻煩，還可以拿蓮藕做老佛爺也喜歡的「甜碗子」。這碗甜碗子是慈禧太后夏天的最愛，要先把「新採上來的果藕芽切成薄片，用甜瓜裡面的瓤，把籽去掉和果藕配在一起，用冰鎮了吃。把青胡桃砸開，把裡頭的帶澀的一層嫩皮剝去，澆上葡萄汁，冰鎮了吃」。果藕和青核桃的做法我都試過，明顯是前者更佳。

老佛爺的甜碗子到了民國，依舊在夏季熱賣，《天橋雜詠》記曰：「六月炎威暑氣蒸，擎來一碗水晶冰。碧荷襯出清新果，頓覺清涼五內生。」不過，要吃這碗甜碗子，你只能去什剎海。因為那裡荷花好，蓮藕也易得。唐魯孫說，那時，什剎海的會賢堂一到夏天生意就特別興旺，靠的就是賣這一碗「什錦冰碗」，因為「會賢堂附近有十畝荷塘，遍種河鮮菱藕，塘水來源跟北府（北平人管醇親王府叫北府，也就是光緒、宣統的出生地）同一總源，都是京西玉泉山『天下第一泉』的泉水，引渠注入，因此所產河鮮，細緻透明，酥脆香甜；比起杭州西湖的蓮藕，尤有過之」。什錦冰碗裡，除了蓮藕，還有鮮蓮子、鮮菱角和鮮雞頭米，另外配上鮮核桃仁、鮮杏仁、鮮榛子，最後配上幾粒蜜餞，底下用嫩荷葉一托，紅是紅，白是白，綠是綠，顏色鮮艷，入口清涼，自然是夏日佳品。

不過，如今的北京，要找鮮雞頭米和菱角實在不太容易，相比之下，還是老佛爺清宮甜碗子的方子可行性比較大，只有這時，那些平時被我嫌棄死的北京果脯蜜餞，才有了露臉的機會。

薛嫂見孟玉樓立起身，就趁空兒輕輕用手掀起婦人裙子來，正露出一對剛三寸、恰半叉、尖尖趫趫金蓮腳來

十八　孟玉樓的相親會

《金瓶梅》裡的一群女子，我最偏愛者，金蓮也。最佩服的，卻是孟玉樓。

張竹坡評點《金瓶梅》，直斥潘金蓮不是人，吳月娘是奸險好人，春梅是狂人，李嬌兒是死人，孫雪娥是蠢人，李瓶兒是痴人，唯獨孟玉樓的評語是好話，稱她為「高人、深人、乖人」。張愛玲給胡蘭成講《金瓶梅》，也說最喜歡孟玉樓的「坐下時淹然百媚」。

孟玉樓和潘金蓮、李瓶兒不同，甚至和吳月娘也不同，她是堂堂正正改嫁的，送親的是她的小叔子。她也做過正頭娘子，前夫是「南門外販布楊家」，在外販布因病去世了。她本來打算一心一意守寡，但如不改嫁，家中財產遲早要被小叔繼承（因沒有子嗣）；唯有改嫁，才能把財產作為嫁妝帶走。

做媒的是媒婆薛嫂。媒婆一張嘴，真正是兩邊騙。她知道西門慶貪財，故意不說孟玉樓的年紀大（比西門慶大兩歲），只刻意說「手裡有一分好錢。南京拔步床*也有兩張。四季衣服，插不下手去，也有四、五只箱子。金鐲銀釧不消說，手裡現銀子也有上千兩。好三梭布也有三二百筒」。對著孟玉樓，薛嫂又隱瞞了西門慶已有繼室的事實，只說「好奶奶，就有房裡人，那個是成頭腦的？我說是謊，你過去就看出來」。

孟玉樓和西門慶終於相親了。兩個人顯然都精心準備，西門慶這邊是「打選衣帽齊整，袖著插戴，騎著匹白馬」，孟玉樓一見，立刻看上，女人個個都是外貌協會，連聰明人孟玉樓也不例外。

孟玉樓招待西門慶的，是一盞蜜餞金橙子泡茶。所謂金橙子，便是金橘。金橘是討口彩主財富的吉祥水果，醃漬成蜜餞入茶，香甜可口，並有平肝疏鬱之功效。孟玉樓選用金橘茶，可謂用心良苦，更為難得的是，她特地「用纖手抹去盞邊水漬」，遞給西門慶，還道個萬福。這般禮儀周全，恐怕連吳月娘都做不到，難怪西門慶急吼吼地表示「欲娶娘子管理家事」。

西門慶走後，薛嫂開啟了嘴炮攻勢，全力勸說孟玉樓改嫁。關鍵時刻，還是孟玉樓前夫的守寡姑姑起了作用。因為之前收了西門慶的「棺材本」好處費，姑姑立刻送來禮物，「有盒子裡盛著四塊黃米麵棗兒糕，兩塊糖，幾十個艾窩窩」。來人進門就問：「曾受了那人家插定不曾？奶奶說來：這人家不嫁，待嫁甚人家。」

婚事談成了，薛媒婆臨走時，念念不忘的，是姑奶奶剛剛送來的禮物。她讓孟玉樓送她兩個艾窩窩，方肯出門。艾窩窩是何方神聖？這是一種典型的清真小吃，形似雪球，潔白誘人，入口黏軟香甜。清代嘉慶年間的詩人李光庭在《鄉言解頤》中記載：「窩窩以糯米粉為之，狀如元宵粉茘，中有糖餡，蒸熟，外糝薄粉，上作一凹，故名窩窩。」書中還點名了歷史和來源：「明世中宮有嗜之者，因名御愛窩窩。今但曰愛而已。」由此可見，明朝時，艾窩窩是宮中流行的食物。清代震鈞《天咫偶聞》也曾經提起：「以糯米飯夾芝麻糖為涼糕，丸而餡之為窩窩。」原來是宮廷小吃，難怪薛媒婆如此喜愛。

一盞茶，幾塊點心，孟玉樓就這麼嫁了。

＊拔步床，又稱八步床，是中國傳統家具中體積最大的床。有木製圍欄、迴廊，床架可供掛蚊帳，宛如一間小木屋。流行於明清時的南方。

十九　酸梅湯，還是明朝的好

一到夏天，最想坐在井邊樹下，搖扇，看星，納涼。

這時候，如果手邊有一碗冰湃過的梅湯，那簡直是神仙日子。

這樣的日子，我只能想想，而西門慶卻真的如此過。

他讓小廝去叫春梅，為的是「有梅湯提一壺來我吃」。等春梅來了，我倒不在意她手裡那壺「蜜煎梅湯」，而是春梅挽著的「銀絲雲髻兒」。「雲髻」是一種高如雲的髮型，以金銀絲或頭髮圍成。春梅的這個髮型，在《金瓶梅》的丫鬟中是獨一份，怪不得西門慶喝梅湯，獨獨要春梅侍奉。

西門慶對春梅青眼有加，另有一個原因——那日上午，西門慶請來吳神仙為諸位女眷算命，到春梅時，說她「必戴珠冠」。吳月娘聽了不爽，說：「相春梅後來也生貴子，或者你用好他，各人子孫也看不見。我只不信，說他後來戴珠冠，有夫人之分。端的咱家又沒官，那討珠冠來？就有珠冠，也輪不到他頭上。」

《金瓶梅》裡，我頗喜歡春梅。她雖然是吳月娘送給潘金蓮的丫鬟，卻並不對主母趨炎附勢，反而對一無所有的潘金蓮青眼有加，凡事願意施以援手。她也是西門慶家裡最有獨立人格的女性。在吳月娘對春梅做了一番評價之後，春梅的回答卻是：「凡人不可貌相，海水不可斗量，從來旋的不圓砍的圓，各人裙帶上衣食，怎麼料得定？莫不長遠只在你家做奴才罷！」

這樣的志向，西門慶家的女眷裡，恐怕只有春梅獨一份兒。後來西門慶去世，吳月娘要賣掉春梅，趕走潘金蓮。聽到要打發她，春梅一點眼淚也沒有，反而勸哭成淚人的潘金蓮：「娘，你哭怎的？奴去了，你耐心兒過，休要思慮壞了你。你思慮出病來，沒人知你疼熱。等奴去了，不與衣裳也罷，自古好男不吃分時飯，好女不穿嫁時衣。」一走時，她「跟定薛嫂，頭也不回，揚長決裂，出大門去了」。

這樣剛毅果決的春梅，做事卻十分伶俐。西門慶要喝梅湯，現時沒有預備，春梅來時，特意準備下冰盆，把壺置於冰中。「梅湯」用蜜煎，是明朝人的發明。要知道，宋朝人的梅湯用的乃是鹽滷，《武林舊事》述及南宋時期杭州的「諸市」中有賣「滷梅水」者，工藝較為粗糙。「梅湯」這個名字到了元代才正式出現，《飲膳正要》裡記載的「白梅湯」，可以「治中熱、五心煩躁、霍亂嘔吐、乾渴、津液不通」。另有一本《居家必用事類全集》，聽起來很玄乎的「醍醐湯」，其實就是用烏梅和蜜做主料，這和我們如今的烏梅湯，已經沒有很大區別了。

《紅樓夢》裡，賈寶玉被賈政一頓打之後，鬧著「只嚷乾渴，要吃酸梅湯」。襲人因為「酸梅是收斂的東西」不讓他吃。我第一次讀時很為賈寶玉鳴不平，襲人真是討厭，被打了屁股，連口酸梅湯也不讓喝。在《紅樓夢》成書的清代，酸梅湯非常常見。《清稗類鈔》中說：「酸梅湯，夏日所飲，以冰為原料，屑梅乾於中，其味酸。……行道之人輒止而飲之。」清朝的《證俗文》裡說：「今人煮梅為湯，加白糖而飲之；京師以冰水和梅湯，尤甘涼。」可見那時候，酸梅湯的調味料已經由蜜轉向白糖了。

梅湯所用的梅子，多半是烏梅，烏梅買回來需要清洗多遍，否則吃到嘴裡有煤渣味。梁實秋在《雅舍談吃》對酸梅湯的要求是：「冰糖多，梅汁稠，水少，所以味濃而釅。」我不喜歡這樣膩歪的梅湯，卻喜歡在梅湯裡點一點鹽桂花，喝到嘴裡，酸與甜，還有一點桂花的香，在舌尖上抵死地纏綿。

二十　李嬌兒的生日快樂大肉包

西門慶有六個老婆，每個老婆過生日，排場檔次都不一樣。

潘金蓮過的生日最多，有五次。最熱鬧的一次，請了幾桌子的人，卻是李瓶兒掏的錢；後面的生日，潘金蓮都沒過好，不是潘姥姥跑來要錢，就是西門慶移情別戀，細想沒甚滋味。寫孟玉樓的生日有三次，也次次鬧心。一次，西門慶的眼裡只有宋蕙蓮，雖然看她穿了紅襖配紫裙，覺得「怪模怪樣」，但還是逮著機會抱住利誘，要是從了自己，「衣服頭面，隨你揀著用」。還有一次更慘，西門慶坐在那裡，只想著死去的李瓶兒，生日宴上點曲，西門慶毫不顧忌主角孟玉樓，叫唱一支〈玉人何處也〉，真令玉樓難堪。

李瓶兒生日，雖然寥寥幾筆，倒是西門慶親自操辦——四盤羹菜、一罈酒、一盤壽桃、一盤壽麵、一套織金重絹衣服。那時候李瓶兒還沒嫁過來，西門慶便寫了正妻吳月娘的名字，叫小廝送過去。瓶兒收到這份禮物，更加死心塌地，送禮的西門慶除了貪圖李瓶兒的美色，更要霸佔她的家財，如此水磨功夫，真正高明。

只有李嬌兒做壽，有具體的餚饌下飯。這是因為在這一日，西門慶還要宴請能幫他「金槍不倒」的胡僧。廚房裡就把李嬌兒的生日大餐，原樣不動上了一份給胡僧吃，我們這才見到了西門慶府中生日宴的菜色。

因為是生日，每次上來都是四碟，取的是吉祥如意之願。「四碟果子」和「四碟小菜」類似今日之前菜，「四碟案酒」是冷菜，「四樣下飯」是熱炒，是下飯吃的菜，還有一道湯飯，是吃飯的湯菜。

最後上來的，乃是點心：一大盤裂破頭高裝肉包子。

按照生日宴來說，這盤肉包子，便是生日蛋糕了。所謂「裂破頭」，是指包子的頂部有裂紋，大約呈開花狀。而「高裝」，讓我想起曾在濟南買過的山東特產「高椿饃饃」。聽做饃饃的師傅說，這種饅頭是用戧酵麵製作，在大酵麵裡，加入一定比例的乾麵粉，反覆揉搓，這樣做出的饃饃表面光亮，吃口乾硬，筋道有層次。我以

李嬌兒，乃院中唱的，生的肌膚豐肥，身體沉重

《金瓶梅》裡的這道「裂破頭高裝包子」請教，師傅說，如果用單純高樁饃饃的麵來裝肉餡，技術上難度很大，因為硬麵軟餡，很難成形。這裡的「高裝包子」，也許是等待戧酵麵再次發酵後製作的，這樣才能保證出來的成品有「裂破頭」的效果。

包子是宋代才有的稱呼，它是從唐朝的「蒸餅」發展而來。吳自牧《夢粱錄》「葷素從食店」條，即有「細餡大包子」、「筍肉包兒」等各種包子的紀錄。不僅平民愛吃，宮中也有吃包子的習俗。宋人王栐《燕翼詒謀錄》記載，大中祥符八年（一〇一五）二月丁酉，宋仁宗誕生之日，宋真宗很高興，於是「宮中出包子以賜臣下」。這可不是一般的包子，「餡料為金珠也」，實在是超級豪華大包子。

宰相蔡京家中，做一個包子分多道工序，都由專人處理。這個故事來自南宋羅大經的《鶴林玉露》：一個人在京城開封買了個小妾，小妾自稱是蔡太師家中做包子的廚娘。男子便叫小妾包「蔡京牌」包子給他吃，小妾推說不會。丈夫很是生氣，問：「既是包子廚中人，何為不能作包子？」原來，這位廚娘居然只管「縷蔥絲」。

到明朝，包子更加普遍。有趣的是，和《金瓶梅》頗有淵源的《水滸傳》中，孫二娘開的店，賣的卻是「人肉饅頭」。同樣有餡料，一個稱呼包子，一個稱呼饅頭。無獨有偶，明朝張岱在《夜航船》說，諸葛亮南征孟獲，渡瀘水時河水洶湧被阻，要用人頭祭祀，瀘水才能風平浪靜。諸葛亮不肯隨便殺人，便用麵做皮，豬羊肉塞在裡面，「象人頭而祭之」。張岱說，「後之有饅頭，始此」。這說明，在明代，包子和饅頭的稱呼是並存的。直到現在，上海人叫包子，還習慣叫饅頭，「肉包」是「肉饅頭」，「生煎包」是「生煎饅頭」，這大約是古風的流傳了。

二二 盤裡酥花也鬥開

《金瓶梅》裡的許多尋常食物，背後都有玄妙機關。

第一回〈西門慶熱結十弟兄，武二郎冷遇親哥嫂〉，花子虛派家裡的小廝給西門慶家裡送東西，「剛待轉身，被吳月娘喚住，叫大丫頭玉簫在食籮裡揀了兩件蒸酥果餡兒與他。因說道：『這是與你當茶的。你到家拜上你家娘，你說西門大娘說，遲幾日還要請娘過去坐半日兒哩。』那小廝接了，又磕了一個頭兒，應著去了。」

初看那兩件「蒸酥果餡兒」，似乎沒什麼稀奇，不過是吳月娘賞給小廝的茶點。或許是果餡兒的酥皮點心？但前面有「蒸」字，酥皮點心如果用蒸的，顯然不能成形。

所以，這裡的「酥」，並不是我們常見的酥皮。

清代小說《醒世姻緣傳》第十七回：「叫人把那些盒子端到船上，兩盒果餡餅，兩盒蒸酥，兩盒薄脆。」在這裡，「蒸酥」和「果餡」是並列的點心。那麼，「蒸酥」的「酥」究竟是什麼呢？

一個「酥」字，打開了中國飲食文化的千年歷史。

最早對「酥」做出解釋的，是北魏時期的《齊民要術》。《齊民要術》中，第一次詳細說明，牛乳初步加工為酪，熬製奶酪時冷卻凝成的浮皮為酥，把酥進一步提純，是為醍醐，產量有限，品質最高，有所謂「乳成酪，酪成酥，酥成醍醐」的說法。所以，按照「抨酥法」做出來的「酥」，其實就是我們今天所說的奶油。只不過，現在的奶油製法多為機器製造，而那時全靠手工，實在費勁。

「酥」本身的顏色是白的。有一回去拉薩，在大昭寺曾見過僧侶供奉其所雕刻的酥油花，潔白無瑕，嘆為觀止。以此為底色，會玩的古人給「酥」染各種顏色，有綠的，謂之「眉黛青」；有紅的，謂之「紅酥」。陸游悼念唐婉的「紅酥手，黃縢酒」，典故即出於此，翻譯過來就是，唐婉妹妹用奶油一般的小手端了一杯黃縢酒，真正的秀色可餐。

到了唐朝，「酥」變成了一道高級夏日甜點——酥山。毫不誇張地說，這大概是具有唐代特色的冰淇淋。唐人王泠然曾經在〈蘇合山賦〉裡記載了一次高級宴會，出席宴會的都是「英髦俊彥」，然而，宴席上雖然「綺饌齊列」，人們還是被酥山（蘇山）傾倒了。這道甜點「味兼金房之蜜，勢盡美人之情。素手淋瀝而象起，元冬涸沍而體成。足同夫露結霜凝，不異乎水積冰生」。從〈蘇合山賦〉可以得知，「酥山」一般由女性製作，先將「酥」加熱到近乎融化、非常柔軟的狀態，然後，向盤子一類的器皿上滴淋，一邊淋一邊做出山巒的造型，然後，放到冰窖裡冷凍，這個過程叫作「點酥」。經過冷凍後的酥山晶瑩剔透，上面還點綴有花朵和小樹，遠看就像一座潔白瑰麗的小山。章懷太子墓的壁畫上，亦繪畫了捧著「酥山」的侍者。

唐朝人的「酥山」味道如何，今天已經不可考。恐怕了了，因為，到了宋朝，「點酥」的技藝就漸漸從口感發揚光大到視覺——只能看，不能吃。《師友談記》裡曾經記載：「澈之婦閉戶不治一事，惟滴酥為花果等物。每請客，一客二十飣，皆工巧，盡力為之者。只用一次。復速客，則更之。以此諸婦日夜滴酥不輟。」這種一次性點酥太浪費了，實在不宜仿效。

經過一番分析，我們可知，《金瓶梅》裡的「蒸酥果餡兒」，可能指的是以奶油和果仁做餡兒，然後蒸製而成的點心。夏日炎炎，「蒸酥果餡兒」也許吃不下去，但做一份穿越千年的「暖金盤裡點酥山」，卻比古人要容易許多——說穿了，就是一份奶油刨冰嘛！

二三 潘金蓮的餃子

美人似乎天生不吃肉，比如董小宛，創造了那麼著名的「董糖」，最喜歡吃的東西居然是水芹菜配茶泡飯，雅則雅矣，卻太過清淡，所以冒辟疆*心中念念不忘的，還是更性感的陳圓圓。

相比之下，《金瓶梅》裡的女人們就可愛多了，潘金蓮、孟玉樓、李瓶兒三位佳人賭棋，李瓶兒輸了後，三個人居然商量著拿賭注買了金華酒和一個豬頭，讓宋蕙蓮去做最著名的「一根柴火燒出稀爛的好豬頭」。

且看這個史上最著名的豬頭是怎樣燒出來的：「（宋蕙蓮）舀了一鍋水，把那豬首蹄子剃刷乾淨，只用的一根長柴禾安在灶內，用一大碗油醬，並茴香大料，拌得停當，上下錫古子扣定。」不用兩個小時，一個油亮亮、香噴噴、五味俱全皮脫肉

迎兒
潘金蓮作為后媽對迎儿的虐待責罵討的歹毒已不把她當人看待飼養豬口也須餵飽可惡的潘氏只把她當作只供役喚奴役的會說話的工具在那个社会里無有人权一說貧家的小女孩一点不值錢的
甲申年秋日戴敦邦作金瓶梅人物于天滬上
偷嘴的迎兒

化的紅燒豬頭就可出鍋了。再切片用冰盤盛了，連著薑蒜碟兒送到了李瓶兒房裡，三個美女居然就著酒，吃完了一整只豬頭。看這段描寫簡直可以就兩碗米飯，唐魯孫後來也仿效了一回，只是用溏心鮑配著燒豬頭，更加浮誇。

《金瓶梅》裡的女人，不僅愛吃，也會做。比如女一號潘金蓮，就很會包餃子。《金瓶梅》裡吃了好幾次餃子，印象最深的是武大死了，小潘潘思念西門慶，特地蒸了三十個「裹餡肉角兒」，等西門慶來吃。金蓮思念情郎，以紅繡鞋占相思卦，又在夜裡獨白彈琵琶唱曲宣洩幽怨，宛然是古典詩詞中描畫的佳人。

然而佳人的另一面，也是古典詩詞裡從不描寫的一面，便是兩次三番數餃子（本做了三十個，午覺睡醒後一查，發現只剩下二十九個）、打罵偷嘴的迎兒，宛然一個市井婦人，小氣、苛刻而狠心。有趣的是，金蓮脫下繡鞋打相思卦「用纖手」，數餃子與掐迎兒的臉也是「用纖手」，兩相呼應，活脫脫一個立體的佳人。

讓迎兒挨打的罪魁禍首，是一個消失了的「裹餡肉角兒」，即豬肉餡餃子。這

* 冒襄（1611-1693），字辟疆，號巢民，如臯人。明末四公子之一。著名文學家、書法家。晚年自號醉茶老人。

種中國人民最喜聞樂見的食物早在唐代便已出現，考古工作者在新疆吐魯番挖掘出的唐代古墓中，曾發現長約五釐米的月牙形餃子。到了宋朝，餃子品種開始增多，《東京夢華錄》出現了「水晶角兒」的記載，《武林舊事》「蒸作從食」中有「諸色角兒」。明代的餃子已經和現在沒什麼差別，《萬曆野獲編》中記有「椿樹餃兒」，《明宮史》中則稱為「水點心」或「扁食」。潘金蓮這裡做的是蒸餃，和水餃不同，蒸餃的皮麵必須是開水燙過的，俗稱「燙麵」，比水餃略大，呈半月形，蒸出來皮薄餡大，而且皮子比較筋道，由於不是用水煮的，故而比較乾鬆。小潘潘的心思最為細密，做蒸餃而不做水餃，多半還因為時值陰曆七月，天氣炎熱，潘金蓮家也沒有冰箱，水餃經不住存放。

潘金蓮給西門慶做餃子，很可能是投其所好，因為另一位女主角李瓶兒在招待西門慶時，做的也是餃子，不過似乎比小潘潘精緻得多：「婦人親自洗手剔甲，做了些蔥花羊肉一寸的扁食兒，銀鑲鍾兒盛著南酒，綉春斟了兩杯，李瓶兒陪西門慶吃。」這餃子的滋味，似乎很讓西門慶難忘，乃至於臨死之前，正妻吳月娘問他

「想什麼吃」，最後叫孫雪娥做了水餃送去，西門慶「最後的晚餐」，便是那「三四個水角兒」。

二三　越糟越美好

夏天的長夜，是一天中最珍貴的時刻。

在地鐵裡擠得衣衫濕透，被狐臭、汗臭、腋毛臭熏得失去了嗅覺，這時候你需要的，是一個熱水澡，一杯冰啤酒，還有——

一份糟毛豆。

我家的廚房裡，隨時都有一盒黃澄澄的糟滷汁。糟滷汁是夏日裡制霸廚房的主角，也是我的救星。最簡單的是糟毛豆，清水洗乾淨，兩頭各剪開一個小口，開水煮一煮，然後扔進糟滷裡。糟毛豆分剪口和不剪口兩派，各執一詞，各有道理。作為剪口派，我喜歡直接撈起毛豆「嗦嗦嗦」，豆子和湯汁一起進了口中，滿嘴冰冰涼涼的鮮味。

毛豆是基本款，糟貨的世界裡，還有雞翅、鴨舌、牛肉、雞蛋、五花肉、筍尖、豆腐乾……幾乎沒有一物不可糟。

「糟」是一款賤物，《笑林廣記》裡的窮人每天吃兩個糟餅，臉吃得紅撲撲地去會友。朋友問起，他如實回答，吃的是糟餅。好面子的太太不開心了，對他說：「呆子，便說吃酒，也妝些門面。」次日再問，他按照太太的意思回答。朋友問，酒是熱吃還是冷吃的。他回答，是油煎的。

中國人擅長一切食材的物盡其用。萵苣主吃莖，然而葉子切碎炒飯，有意外的清香；庖丁解豬，一副下水，有一百樣吃法，比軟炸里肌五花肉的滋味更濃；酒糟，大概也只有中國人有本事使之成為另一樣神器，拯救整個夏天的胃口。

「糟」是一種懷舊的調味。第一個從陳年酒糟裡提取出糟汁的人究竟是誰呢？這個人又是如何讓這些糟汁經過加工，成為透明而醇香的糟滷，這簡直成了一個謎。

唯一可以確定的是，做糟滷，是需要花工夫的。

曾經採訪過魯菜大師王義均，他說當年北方老派飯館所有的糟溜菜系，比如糟溜魚片、糟溜三白，都是手工「吊糟」。吊糟費時費力，需要十來天的工夫，慢慢製作，緩慢發酵。這樣得出的糟滷，滋味可想而知。

所以，趙珩先生在《老饕漫筆》中曾經比喻過糟的奧妙：「糟與醉的區別在於有『火』氣與無『火』氣，正如一件瓷器，仿古者胎、釉再好，造型再像，終有新瓷的『火』氣，不似舊物『火』氣全消。醉，是熗出來的，急功暴力，所以原物的鮮香得以保留，這種『火』氣更使被醉之物生輝。糟，是慢慢浸潤出來的，需要一些功夫，『火』氣全消，所以味道醇厚。二者雖都有酒香，卻有薄厚之分。」

這個比喻，真讓我等擊節而嘆！

古時候的糟貨發燒友，數數還真不少！

東晉的時候，丞相王導對愛喝酒的鴻臚卿孔群說，酒喝太多傷身體啊！你看酒甕上的紗布都是爛的，喝多了，人就和紗布一樣！

孔群說，誰說的？你沒看見我家做的糟肉，可以放很長很長時間呢！

隋煬帝楊廣跑到江都玩耍，喜歡吃糟蟹，為了視覺和味覺並重，從甕中撈起的蟹，要貼上「金鏤龍鳳花」。

到了宋代，出現了一個糟貨愛好者風雅小分隊，這時，糟漬食品已經從肉類和海鮮類普及開去，糟薑、糟蟹、糟豬頭、糟豬蹄、糟豬爪、糟羊蹄、糟脆筋、糟鵝、糟鮑魚、糟瓊枝、糟黃芽、糟茄子、糟蘿蔔、糟瓜茄、糟蒜……簡直可以出一個糟物「報菜名」。

這個愛好者小分隊，最喜歡的是糟蟹和糟薑。他們愛吃，也愛做，做了還願意送好朋友，送完了好朋友，嗯，還要寫首詩。

秦少游〈以蓴薑法魚糟蟹寄子瞻〉

梅堯臣〈答劉原甫寄糟薑〉

楊萬里〈以糟蟹洞庭甘送丁端叔，端叔有詩，因和其韻〉

……

明朝人把糟發揚光大，三皇糟、陳糟、甜糟、糟油……糟的王國簡直有了千軍萬馬。《金瓶梅》裡，則第一次出現了糟鰣魚。

西門慶陪伯爵在翡翠軒坐下，因令玳安放桌兒：「你去對你大娘說，昨日磚廠劉公公送的木樨荷花酒，打開篩了來，我和應二叔吃，就把糟鰣魚蒸了來。」伯爵舉手道：「我還沒謝的哥，昨日蒙哥送了那兩尾好鰣魚與我。送了一尾與家兄去，剩下一尾，對房下說，拿刀兒劈開，送了一段與小女，餘者打成窄窄的塊兒，拿他原舊紅糟兒培著，再攪些香油，安放在一個磁罐內，留著我一早一晚吃飯兒，或遇有個人客兒來，蒸恁一碟兒上去，也不枉辜負了哥的盛情。」

這不是《金瓶梅》中唯一的糟貨，李瓶兒的下酒菜裡，還出現過糟雞、糟筍這樣的涼菜。《金瓶梅》的故事脫胎於《水滸傳》，而《水滸傳》裡，無意間幫助宋江逃跑的唐牛兒，便是鄆城縣賣糟貨的商人。由此可見，那時候糟貨是非常普遍的食物——只要有糟滷，便可以糟一切，連《紅樓夢》裡的薛姨媽，也會自己手工製作糟鵝掌、鴨信。

糟的吃法很多。在民國資深吃家梁實秋的筆下，「糟溜魚片固然好，糟鴨片也是絕妙的一色冷葷，在此地還不曾見過，主要原因是鴨不夠肥嫩。北平東興樓或致美齊的糟鴨片，切成大薄片，有肥有瘦，有皮有肉，是下酒的好菜……福州館子所做紅糟的菜是有名的。所謂紅糟乃是紅麴，另是一種東西。是粳米做成飯，拌以麴母，令其發熱，冷卻後灑水再令其發熱，往復幾次即成紅麴。紅糟肉、紅糟魚，均是美味，但沒有酒糟香。」這話要是被魯迅聽見，一定要回擊，他最喜歡致美樓的糟溜魚片和家鄉的「糟鴨卵」（最喜歡這個稱呼），而最為討厭的則是梁實秋稱讚的紅糟，魯迅的日記裡，暗搓搓*黑了好幾次，甚可愛：

晚飲於勸業場上之小有天，董恂士、錢稻孫、許季黻在坐，餚皆閩式，不甚適口，有所謂紅糟者亦不美也。

感覺像現在在點評網站寫點評：不好吃，差評！

我不喜歡熱氣騰騰的糟貨，比如《儒林外史》裡，馬二先生看見酒店櫃台上盛

* 暗搓搓：寧波方言，意為「暗地裡」。

著剛出鍋的滾熱的糟鴨，「沒有錢買了吃，喉嚨裡咽唾沫」。我做的糟貨，都是在冰箱裡待過一夜的，更入味，也更下酒——啤酒、清酒、白葡萄酒，都可以。

糟滷是可以重複使用的，糟完毛豆糟雞爪，糟完牛舌糟雞翅，用完之後過濾一下入冰箱冷藏。下次使用時，可以加一點新鮮的糟滷進去。取糟貨的筷子必需是乾淨的，不可有油花進入。我曾經大大咧咧用吃飯的筷子取糟貨，被我媽打了手，那盒糟滷確實起了油花，再不可用了。

除了毛豆，我最愛的是糟雞翅，比糟雞翅還要好吃的是糟雞尖和雞爪。可以直接上手抓著啃，雞皮的嫩滑，皮與骨之間游離的那一絲肉，都在舌尖交匯，然後口腔裡充滿了那種冰涼涼的鮮味……神仙的日子大概也就這樣了。

唯一的問題是吃相不雅。

所以，這道菜，在我家絕不待客，專門用於看足球比賽，哪怕踢得再臭，也可以忍耐。所以，在夏夜，如果碰巧還有AC米蘭或者上海上港的比賽，那時候就不要給我打電話了，那時候的我，左手捧冰啤酒，右手持糟雞爪，眼裡全是螢幕，實在抱歉，抱歉，暫時看不見你。

二四 葡萄架下委屈的葡萄

世界上最有名的葡萄架，一定是《金瓶梅》裡西門慶家後花園的那個。某個夏末秋初的下午，清河縣著名企業家西門慶先生和他的小妾潘金蓮女士，在葡萄架下做什麼呢？

我一直以為，當然是吃葡萄咯！

葡萄原產於西亞，把葡萄帶到漢土的，最流行的說法是張騫，他奉漢武帝之命出使西域，歷經十三年的艱辛才回到漢朝。張騫是出使西域並生還歸漢的第一人，西域物品的傳入也大都被當作是張騫的功績，不僅葡萄，還有苜蓿、石榴、核桃等等，都被認為是由張騫帶回中土的。

但奇怪的是，這在《史記》中卻沒有確切記載。另有《太平御覽》的記載，帶回葡萄種子的，是貳師將軍李廣利。《太平御覽》中注明，這項紀載出自《漢書》。而《漢書・西域傳》的記述則說，李廣利破大宛之後，漢使帶回「蒲陶」、「苜蓿」的種子，並將其種植於離宮之外。

不管是張騫，是李廣利，還是不知名的漢使，葡萄傳入中國後，便受到了大家的喜愛，三國時魏文帝曾經下詔說葡萄云：「醉酒宿醒，掩露而食，甘而不，脆而不酸，冷而不寒，味長汁多，除煩解餶。又釀以為酒，甘於麴米，善醉而易醒。道之固以流涎咽唾，況親食之耶！他方之果，寧有匹之者？」

有一件事隱藏在我心裡很久了，真奇怪，為什麼每次電視、電影裡，拍攝某些限制級情節時，都要吃葡萄呢？荒淫無道的皇帝，和妃子玩耍起「你來追我嘿嘿嘿」的遊戲，吃的也總是葡萄。連《封神榜》裡，其實並沒可能吃到葡萄的紂王，也喜歡被妲己一個個餵葡萄。

前陣子有機會，採訪了一個專業的道具前輩，謎底就此解開。

一場戲要拍三、四遍，用其他水果，特別容易氧化變壞，比如荔枝、蘋果，都有這樣的問題，只要NG（no good，指演員出現不能達到最佳效果的鏡頭）個幾次，就要換道具。而且，讓皇上啃沒有削皮的蘋果，鏡頭會很難看。可以選擇的水果非常有限，吃桃子的是孫悟空，吃西瓜的是豬八戒，至於香蕉……你自己對著鏡子吃一次就知道了。道具組前輩說，其實最好的水果應該是櫻桃，道具組也願意買，長得好看又好吃，鏡頭上呈現也美，歷史背景對得上，亦符合宮廷習俗，可是，NG個幾次，製片人估計就要打人了，櫻桃實在太貴了，看見鏡頭裡有櫻桃的劇組，肯定是超級不差錢！

但我們的千古第一奇書《金瓶梅》就是不一樣，事實證明，在葡萄架下的潘金蓮和西門慶，喝著葡萄酒，針對潘金蓮同學對李瓶兒同學的拈酸吃醋，西門慶做了矯正和不點名批評，當然，他們還運用某些道具，做了一些其他事情，並且差點引發事故……

就是沒有吃葡萄。

不吃葡萄，吃的是什麼？現存的版本裡，西門慶和潘金蓮在葡萄架下吃的，有兩種說法，一種是李子，一種是棗子，我看的版本是李子，不過，似乎棗子更為出名，因為後來賈平凹在寫《廢都》的時候同樣用到了該情節。有趣的是，棗子是西門慶指定胡僧牌春藥的解藥，就是說，吃了春藥，要解除效用，吃一顆棗子就好。為什麼是棗子？這大概也是條件所限，春藥一年四季要用，然而如果解藥不能一年四季都有，那就變成了季節限定版的春藥。而西門慶家的水果籃子裡，顯然只有棗子是常年都可以提供的，只不過有鮮棗和棗乾兩種形態罷了。

二五 來一顆西門慶牌楊梅乾

張愛玲有三恨，一恨鰣魚多刺，二恨海棠無香，三恨紅樓未完。以上三者我都同意，我還要再加一恨，四恨楊梅不可多吃。

還有比楊梅更好吃的水果嗎？我至今背得出小學課本裡寫的有關楊梅的那段話：

摘一顆放進嘴裡，舌尖觸到那平滑的刺，使人感到細膩而且柔軟。楊梅先是淡紅的，隨後變成深紅，最後幾乎變成黑的了。它不是真的變黑。你輕輕咬開它，就可以看見那新鮮紅嫩的果肉，嘴唇上舌頭上同時染滿了鮮紅的汁水。

我上輩子大概是顆楊梅，結果這輩子變成楊梅狂。

從楊梅上市開始，每次坐在我媽自行車後座，看見菜場旁邊有小販蹲在角落，遠遠就看見那大把的綠和暗紅，我的心臟撲通通直跳，拉著我媽的衣角：「媽媽，有楊梅。」我媽總是視而不見，一邊騎過去，一邊說：「剛上市太貴了，過陣子便宜了再買。」話雖如此，過不了兩日，等我放學回家，就能看見桌子上一碟楊梅。我媽在廚房，哼了一聲：「就這麼多啊，慢點吃！」

有次去蘇州東山秋遊，小夥伴們一眨眼，我就爬到了楊梅樹上，一直吃吃吃，吃到夕陽西下，吃到月上柳梢，結果，真的連豆腐都咬不動，而且，肚子痛了兩日。

新鮮的愛，糖漬的也不放過。小賣部的王阿姨總是一邊打毛衣一邊賣東西，別人來，她頭略抬抬，問：「買什麼？」我來，她頭也不抬：「四毛。」楊梅蜜餞兩毛一包——用那種暗紅色的小塑料袋裝著，一看就是來路不明的食物。

我媽是沒辦法理解我對楊梅的愛，在她的眼裡，楊梅有蟲，顯然不算高檔食物，何況還很容易把衣服染上顏色，實在令人討厭。

所以，當我看見《金瓶梅》裡，西門慶宴請朋友吃飯，到最後端上來的「一碟黑黑的團兒，用橘葉裹著。應伯爵拈將起來，聞著噴鼻香，吃了到口，猶如飴蜜，細甜美味，不知甚物」的時候，月亮天蠍座的第六感告訴我，這是高級版的楊梅乾。

應伯爵的答案是「糖肥皂」——這麼cheap（廉價），這麼low（低級），我們西門大官人能拿給你們當宴會甜點嗎？

又猜是「梅酥丸」。我對於「梅酥丸」的認知全來自天津的遠房親戚，他每次夏天裡來，總愛帶著這種丸藥。我乘他午睡時偷過一丸嘗過，又酸又甜又涼。據說成分是白梅肉、紫蘇葉、烏梅肉、麥冬、百合，可以生津解渴，主治消渴煩躁、隔熱津少。

西門大官人覺得受到了侮辱，於是罵他：「狗才！」

我在書外面也跟著罵，可不是！

答案公佈了，「你做夢也夢不著」的衣梅，是用「各樣藥料，用蜜煉製過，滾在楊梅裡，外用薄荷、桔葉包裹著，才有這般美味」。

這當然不是山東本地產，是西門慶的僕人從杭州船上捎來的。謂之「衣梅」，應該是給楊梅穿上衣服的意思，只不過，這不是普通的衣服，而是蜂蜜和各味藥材。

我立刻分泌了三萬噸口水。

楊梅是一種很難貯藏的水果，俗稱：「頭日採收，二日色變，三日味變。」地處北方的人，很難享受到新鮮楊梅的風味，明朝詩人盧襄便寫詩感慨曰：「北方地冷無南果，最恨楊梅未得嘗。」所以很早之前，人們便會做楊梅蜜餞了。《齊民要術》裡說：「擇佳完者一石，以鹽一斗淹之，鹽入肉中仍出……煮取汁漬之，不加蜜漬，梅色如初美好，可堪數歲。」這大概算得上是最早的楊梅蜜餞了。

宋人平可正的七言絕句中，曾說楊梅「一顆價千金」，這「衣梅」身價當然更加不菲。第六十八回裡，西門慶到妓女鄭愛月家吃酒。鄭愛月說：「多謝爹的衣梅。媽看見吃了一個兒，歡喜的要不的。他要便痰火發了，晚夕咳嗽半夜，把人聒死了。常時口乾，得恁一個在口裡噙著他，倒生好些津液。我和俺姐姐吃了沒多幾個兒，連罐兒他老人家都收在房內早晚吃，誰敢動他！」

這架勢，頗像《紅樓夢》裡柳嫂子拿了芳官送五兒的玫瑰露，一看「好精貴東西」，就把瓶子收起來，要送五兒舅舅。中年婦女都有囤貨的毛病。

西門慶的回答和賈寶玉一樣：「不打緊，我明日使小廝再送一罐來你吃。」西門慶這時如此溫柔，多半是因為鄭愛月剛剛送給他一盒泡螺——那是死去的李瓶兒生前最拿手的點心。

二六 水飯考辨

西門慶家的夏天，大家的胃口都格外好。

這當然是因為西門慶有兩位大胃王的朋友：應伯爵和謝希大。

他們在西門慶家吃了一頓午飯，卻從中午一直吃到了「掌燈時分」，從豬頭肉滷麵吃到鮒魚枇杷，吃過茶，復上荸薺菱角果盤，走之前，還有一碗「綠豆八米水飯」。

這碗「水飯」，吸引了我的注意力——因為南宋皇帝的宴席上，最後，亦有「水飯」的蹤影。

記錄者是大名鼎鼎的陸游，他在《老學庵筆記》中保留了這份宴請金國使者的國宴菜單：「集英殿宴金國人使，九盞：第一，肉、鹹豉；第二，爆肉、雙下角子；

第三，蓮花肉油餅、骨頭；第四，白肉、胡餅；第五，群仙炙*、太平畢羅*；第六，假圓魚；第七，柰花*、索粉*；第八，假沙魚；第九，水飯、鹹豉、旋鮓、瓜薑。看食：棗餶子、髓餅、白胡餅、環餅（淳熙）。」

水飯是什麼？著名學者俞樾在《茶香室叢鈔》中說「水飯即粥也」，這個說法被很多地方引用，一時間，大家都以為，水飯大概就是粥了。但《救荒本草》裡明明白白說過：「採莠穗，揉取子，搗米作粥或作水飯，皆可食。」也就是說，水飯和粥，是兩種東西。

這在《金瓶梅》裡也可以得到佐證——因為西門慶吃粥的次數不少，大約有六十多處，且多為早晨，比如孫雪娥就曾經說過：「預備下粥兒不吃，平白新生發起要甚餅和湯。」如果水飯即是粥，何故不併作一種來講？另一部同樣描述山東地區人民的生活小說《醒世姻緣傳》裡，對於水飯的描述似乎要詳細很多。第十九回，有唐氏「連湯帶飯的吃了三碗」水飯；而第二十六回，給做短工的人吃水飯，「水飯要吃那精硬的生米，兩個碗扣住，逼得一點湯也沒有才吃」。第五十八回裡，亦有「將次近午，調羹的魚也做完，螃蟹都剁成了塊，使油醬豆粉拿了等吃時現炒；又剁下餡子等著烙盒子餅，煮了綠豆撩水飯」。

由此可見，水飯有水，要連湯帶水的吃，應該有點類似今天的泡飯。但我請教過北方的同學，才知道，這是北方夏日裡常常吃的一種主食，把米煮熟之後，用笊籬*把米淘出來，再用現打來的井水把米過水，過兩三次，澆上一點井水，水飯就做成了。配水飯的大多是醬菜，南宋國宴裡的「鹹豉、旋鮓、瓜薑」便屬於這一範疇。

有趣的是，一衣帶水的日本，也在平安時代吃起了水飯。京都貴族們，平常都喜歡用煮好的米飯泡熱水，稱之為「お湯漬け」。到了夏天，則換成涼水，稱為「水飯」。這裡的水飯，從名稱到做法，都和《金瓶梅》裡的水飯一般無二。而到了江戶時代，水飯才演變成了更高級的茶泡飯。

水飯的流行，大概是因為其在炎炎夏日，口感冰涼，容易下肚，但想來，大概是較難消化的。宋朝人黃休復曾經在《茅亭客話》講了一個故事，一個姓袁的人，某天家裡來了一位不速之客，穿著白衣服，要求面見袁生。老人說自己姓李，住在城南，來投靠袁生。因是陌生人，袁生「不甚諾之，但寬免而已，留食水飯、鹹豉而退」。結果，三天之後，暴雨溪漲，僕從捕撈了一條「二尺許，鱗鬣如金」的鯉魚，袁生讓人把魚肚子剖開，「腹有飯及鹹豉少許，袁因悟李老，魚也」。不知道為什麼，看了這個故事之後，有點不敢吃水飯了。

*群仙炙，烤肉拼盤。

*畢羅，一種帶餡的胡餅。

*柰花，茉莉花的別名。

*索粉，以綠豆粉或其他豆粉製成的細條狀食物。也稱粉絲、線粉。

*笊籬，在湯水中撈食物的長柄杓形器具，能漏水。

秋

確切地說，《金瓶梅》是一本秋天的書。

它開始於秋天，

西門慶在小說裡說的第一句話，就是「如今是九月廿五了」。

也結束在秋天，

永福寺，吳月娘和春梅狹路相逢。

儘管在秋天，

有香噴噴的螃蟹，有黃澄澄的柑橘，有講究的酸筍雞尖湯，

可也掩蓋不了這是肅殺的季節，

而《金瓶梅》的主題，

也許本來就是死亡，

一場盛大的死亡。

二七 念念不忘打滷麵

這幾天，雖然早已入秋，天氣卻一點也不見涼快，暑熱天吃不下飯的時候，我最愛立刻看《金瓶梅》裡的這一段：

畫童兒用方盒拿上四個靠山小碟兒，盛著四樣小菜兒：一碟十香瓜茄，一碟五方豆豉，一碟醬油浸的鮮花椒，一碟糖蒜；三碗兒蒜汁，一大碗豬肉滷，一張銀湯匙，三雙牙箸。擺放停當，西門慶走來坐下，然後拿上三碗麵來，各人自取澆滷，傾上蒜醋。那應伯爵、謝希大拿起箸來，只三扒兩咽，就是一碗。兩人登時狠了七碗，西門慶兩碗也吃不下。

這大概是《金瓶梅》裡最活色生香的美食文字。這段的威力有多大？我曾經好幾次看到這裡，都忍不住跑去廚房，現做一點什麼，哄一哄自己被挑逗的腸胃。

其實細想，不過是一碗打滷麵。

打滷麵是典型的北方食物，我初來北京，每逢佳節，頓生飄泊之感。一位友人，平時的口頭禪是：「別的沒有，打滷麵管夠。」他盛情邀我去家裡吃打滷麵，只見比我頭還大的雪白搪瓷深盆裡，一半是麵條，一半是青椒茄子肉末。作為不太愛吃茄子的南方人，我哪裡見過這樣的世面，在接下來的一小時裡，只得強顏歡笑悶聲吃完。後來，那位友人再三約我，仍舊是一句「打滷麵管夠」，嚇得我很長一段時間不敢再次登門——蓋以為打滷麵只有青椒茄子一味耳。

這當然是我的誤解。打滷麵的「打滷」其實有很多種，有「清滷」、「混滷」兩種。清滷也有叫「汆兒滷」，與混滷的區別在於一個不勾芡，一個勾芡。

作為一個南方人，對於勾芡的混滷，我始終有種不明來由的畏懼，雖然唐魯孫先生說，要勾了芡的滷，才算正宗。而吃打滷麵，似乎頗有門道，按照唐先生家的規矩，吃打滷麵，不能「澥了滷」，所以，把麵挑起來就要往嘴裡送，筷子不能老在碗裡翻動。這樣一說，我對混滷的愛好更加減少。

北京人民在打滷麵的「滷」這個問題上，是嚴肅的。嚴肅到有點走火入魔。梁實秋同學洋洋得意地宣稱自己在鴨架子的剩餘利用開發上，發現了新大陸。把鴨架湯加了口蘑打滷，滷上再加一勺炸花椒油，美味無比。梁實秋強調，不是冬菇，不是香蕈，一定要是口蘑。言菊朋*在東興樓吃飯，吃著吃著忽然靈光乍現，要一份燴三鮮，再單叫麵條，這樣的打滷麵比讓東興樓做一份三鮮打滷麵要好吃一萬倍。我每讀到這樣的細節，都忍不住想告訴他們，這個秘訣我們南方人早就發現，在我們那裡，這叫澆頭。

然而，我仍舊迷戀《金瓶梅》裡的那碗打滷麵，就像我迷戀「打滷」這個充滿野趣的名字。其實豬肉滷哪裡比得上高貴的口蘑滷，卻有種最家常的魅力，配上醬油浸的鮮花椒和蒜汁，實在讓人胃口大開，難怪應伯爵吃了說：「今日這麵，又好吃，又爽口。」

* 言菊朋（1890-1942），清末至民國時期的著名京劇老生。

唯一能與這碗豬肉滷麵抗衡的，是《我愛我家》裡和平她媽的打滷麵秘方：「打滷麵不費事，弄點肉末打倆雞蛋，擱點黃花木耳、香菇青蒜，使油這麼一過，使芡這麼一勾，出鍋的時候放上點蔥薑，再撒上點香油，齊活了！」我親身試驗過，吃完只有一句話：「問蒼茫大地誰主沉浮？姆們*，姆們，姆們！」

＊姆們，即我們，讀音可能源於河北或東北。

二八　「大官人牌」口香糖

寫這篇文章，是為了哀悼我那條只穿了一次的牛仔褲。那條天藍色的褲子，因為被凳子上的無名口香糖黏住，洗也洗不掉，最後居然洗出一個大洞，只好丟掉。因為口香糖而犧牲，我的褲子大約可以進「薄命司」了。

不是自誇，口香糖這種東西，恕我直言，真的是老祖宗發明的更好。什麼？你以為口香糖是現代文明的產物？那為什麼會有「吹氣如蘭」這個成語呢？沒有牙刷、牙膏、漱口水，沒有口香糖、香口膠，即使天賦異稟，一輩子不吃葷腥、不碰韭菜，大概也很難做到口腔清新毫無異味，要吹口氣就有蘭花香，實在是太難太難了。

況且，還有一種可憐的病症叫作「口臭」。口臭這種病真的很痛苦，不僅自己聞著不開心，也會影響周圍人的情緒。東漢桓帝年間，有一位患了口臭的大臣應劭，皇帝每次對著他，都不得不皺著眉頭。忍到最後，忍無可忍，忽而一日，拿出一樣東西給他：「快點含著，要不殺了你。」

這下，應劭可嚇壞了，君命不可違，先收下來再說。看此物，黑黑小小，好像是藥丸，應劭以為是皇帝賜的毒藥，再一想皇帝御賜此物時的表情，頓時眼淚汪汪。所以一退朝，揣著東西就回家訣別。全家人正哭成一團，同事來應家拜訪，才把這個謎底揭開——原來，皇帝賜他的乃是一味「雞舌香」，嚼完之後，口氣芬芳，真正的「吹氣如蘭」。

「雞舌香」就是丁香，其「花實叢生，其中心最大者為雞舌，擊破有順理而解為兩向，如雞舌」，因而得名。這種名貴的原始口香糖在兩漢之後一直流行，尤其是郎官奏對皇帝，不嚼點丁香都不好意思上朝（《漢官儀》：「尚書郎含雞舌香伏奏事……故稱尚書郎懷香握蘭，趨走丹墀。」）

也有不信邪的，唐朝的著名詩人宋之問就是一個。我最不喜歡宋之問，為了一句「年年歲歲花相似，歲歲年年人不同」，就把侄子殺了，人品實在太壞。這個壞傢伙也有口臭。可他偏偏不肯含雞舌香，總是得不到重用。後來託人詢問才知道，則天皇帝每次說起他，都忍不住感慨：

「那個小宋啊，才華是有的，但是真的不能用啊，他那口臭啊，五十米之外都聞得到。」

《金瓶梅》裡的「口香糖」，較之「雞舌香」，當然已有長足發展。書中這種「口香糖」的擁有者是西門慶，使用場合也很關鍵，往往是在準備接吻／接吻、調情時。比如第四回，用舌尖遞送給潘金蓮「銀穿心金裹面盛著」的「香茶木樨餅兒」，還有第五十九回裡，給愛月兒吃的「香茶桂花餅兒」。一個例外來自懂吃的應伯爵，他曾經在酒席中公開向西門慶討要：「頭裡你許我的香茶呢？」西門慶捏了一撮給他。

這個動作非常耐人尋味，可以說明香茶餅的體積非常小，因為如果稍大，則應該是「抓了一把」、「拿了一枚」這樣的說法。

《金瓶梅》雖託言宋事，但實隱明朝之事，目前學術界大致認為，成書約在明代隆慶至萬曆年間。浙西詞派的開創者、藏書家、歷史學家朱彝尊雖然是清朝人，但

西門慶向袖中取出銀穿心金裹面盛著香茶木樨餅兒來，用舌尖遞送與婦人

生活時代與《金瓶梅》的成書年代相去不遠，他在著作《食憲鴻秘》裡，還原了這種香茶餅的製作方法：

甘松、白豆蔻、沉香、檀香、桂枝、白芷各三錢，孩兒茶、細茶、南薄荷各一兩，木香、藁本各一錢，共為末，入片腦五分。甘草半斤，細切，水浸一宿，去渣，熬成膏，和劑。

朱彝尊的方子裡，香茶餅的主要配方已經不再是丁香，代之以更高級的檀香和沉香。這也不是明清人的發明，王仁裕的《開元天寶遺事》中記載，唐玄宗的哥哥寧王，每次和賓客說話前，先在嘴裡含沉香和麝香，一開口說話，香氣噴於席上。孟暉女史考證，宋朝人曾經用龍涎香製香茶餅，這款龍涎花餅非常輕薄，既可以當成貼在鬢邊的花鈿，也可以作為口香糖，含在嘴裡。宋人喜歡以香料醒酒，所以，楊無咎的詞中，就描述一位女子，在意中人酒醉之時，把自己舌尖上的龍涎小餅遞到他的嘴裡，然後輕聲叮囑把這花餅嚼碎（「幾回殢酒襟懷惡。鶯舌偷傳，低語教人嚼」)。

這樣美好的口香糖,我也好想來一點。

二九　如果靈魂有香氣，我希望是桂花香

桂花注定是要被吃掉的。

在我的家鄉，桂花的開放，不用靠眼睛，哪怕黑夜裡，伸手不見五指，走在路上，那香氣撲面而來，濃烈得恨不得破窗入室。

每到這個時候，就會有無數顆「花吃」的心蠢蠢欲動：盛極必凋，還是落到肚子裡才最妥貼。

我承認，我是薅過「社會主義羊毛」，偷過一次復旦校園裡的桂花的。月黑風高，悄悄揣上一個塑料袋，若無其事地在樹下走來走去——揪一點，再一點。身邊不斷有人，下晚自習的小哥，更多的是摟摟抱抱的情侶，一顆心簡直要跳出來，回到宿舍一看，不過小半袋——我大概不適合做賊。

可真是香啊！

那半袋桂花放在我的書桌上，頓時，整個宿舍都甜蜜了起來。那晚，做夢夢見暗戀的學長，在桂花樹下，等我。

摘來的桂花不能直接食用，我外婆說要洗乾淨了再曬，後來一個嬢嬢告訴我，亦可蒸。桂花的吃法是極多的，當然借取的還是香氣——撒在酒釀圓子裡，包在年糕內，更常見的方法是曬乾了和蜜糖一起醃製。喝一杯桂花露，日子無端端地就這樣風雅起來。

張愛玲曾經有一篇小說叫〈桂花蒸・阿小悲秋〉，開頭一句：「秋是一個歌，但是『桂花蒸』的夜，像在廚裡吹的簫調。」

豐子愷解釋，「桂花蒸」是石門的方言，意思是在農曆八月間，桂花將開時，天氣異常悶熱。就稱這一段時期為「桂花蒸」，大約是表示老天爺在蒸桂花，所以蒸得人間這樣悶熱。

老天爺蒸桂花，我也蒸。

蒸桂花不須太熱，但要掌握火候。嬢嬢說，不能太久，太久了，桂花就失了魂魄，都散在水汽裡。所以，等水滾了再放桂花在蒸盤上——一瞬間，那甜，簡直撲面而來，聞久了真有點膩，容易讓我想起《紅樓夢》裡的夏金桂，是一種太過強勢的香氣。

可蒸完的桂花，或用蜜糖醃製了，或曬乾了沒入茶中，或搓了細細的糯米小圓子來配甜湯，又變成另一種氣韻。

不動聲色，但你知道，它一直都在。

西門慶家的桂花，還有另一種吃法。那是中秋節，愛好喝酒的西門慶對僕人說：「昨日磚廠劉公公送的木樨荷花酒，打開篩了來，我和應二叔吃，就把糟鰣魚蒸了來。」

當然，在這裡，最饞我的不是木樨荷花酒，而是配酒的糟鰣魚，這一味，咱們已說過。

劉公公是真的公公，管理的磚廠是皇家磚廠。一個內監向西門慶獻殷勤，當然是有理由的，他的兄弟劉百戶用皇家的木頭蓋房子，被夏提刑拿問。這本來是欺君大罪，卻被西門慶徇私枉法，僅僅將其家人劉三打了二十棍子了事。劉公公當然要領西門慶的情面，故而送了應景的木樨荷花酒。

桂花酒自古就受人歡迎，曾經是只能給祖先和神仙喝的上品，在東漢的《四民月令》中，人們把桂酒用來祭祀。儀式結束，第一杯桂花酒，要讓家中長輩飲下，圖的是一個長壽安康。

關於桂花酒的詩句，我最喜歡的是南宋劉過的那句「欲買桂花同載酒，終不似，少年遊」。和我一起揪桂花的閨密是蘇州人，在她的家鄉，每年冬至，人們還保留著喝「冬藏酒」的傳統。新桂與酒醴相釀的一口甘甜固定在冬至前的一個星期上市，家家戶戶拿著瓶去拷回來。「冬藏酒」是嫩黃色的，比鵝黃還要淺幾個色號，買回來的時候，店家會告訴你，要時不時把蓋子開一開——因為那是仍在發酵的生酒。冬至夜，男女老少圍坐一桌，因為度數低，味道甜，連小孩子在這一天也能夠喝到愜意。

然而，我們要討論的並不只是桂花酒，還有桂花的別稱——木樨。

這個詞語在明清時期，發生了有趣的變化，在今天仍然迷惑著人民群眾。

北京有一道謎一樣的菜——木須肉。

是肉做得像木須一樣嗎？還是吃起來有木須的味道呢？等上桌才知道，其實就是雞蛋炒肉絲。

原來，所謂「木須」，乃是「木樨」的訛傳，這個菜本來應該叫「木樨肉」。而這裡的「木樨」，已經不是桂花的意思，而是指雞蛋。為什麼雞蛋取了一個桂花的名字呢？目前流行的說法有二，一是清人梁恭辰在其《北東園筆錄》中記載「北方店中以雞子炒肉，名木樨肉，蓋取其有碎黃色也」。也就是說，因為雞蛋炒肉的成品顏色類似桂花，因此得名。

另一個說法，來自人們對「蛋」的忌諱。北京人罵人，常帶「混蛋」、「笨蛋」。所以，「蛋」在平時的交往中，都被避諱使用。在北京的酒樓飯店中，大凡以蛋品烹製的菜都不直接稱蛋。例如炒雞蛋叫炒白果兒、攤黃菜、炒木樨等；雞蛋湯不叫雞蛋湯，而叫甩果兒。《新華詞典》也贊同這樣的說法：「木犀也作木樨，統稱桂花……將生雞蛋的蛋清、蛋黃打碎做熟後稱木犀，因避諱『蛋』而得名。」還有一個傳說，清朝時，京師的飯館裡常有內監光顧，而太監因為某種你們都知道的原因，忌諱說雞蛋，所以，就把這道菜叫作「木樨肉」。而著名的「桂花皮炸」，其實就是豬皮澆了蛋液來炸。

這個傳說有一點問題，因為清朝太監是不允許私自出宮的，可以參見被砍了頭的安德海。因為說了句雞蛋就被關門的餐廳，大約碰上的是魏忠賢這樣的惡霸太監吧！但「雞蛋」在老北京確實屬於公開場合的忌諱，我曾遇到過一位大師傅，他說，廚師過去很忌諱「雞蛋炒飯」的叫法，認為「雞蛋炒飯」就說炒飯的主體不是人，而是雞蛋，等於把廚師罵上了。

按照這個界定，我倒開始懷疑《金瓶梅》裡的另一道菜，第二十七回的「木樨銀魚鮓」，這究竟是加了桂花香料的銀魚鮓呢，還是銀魚鮓炒雞蛋呢？留待方家指正。

三十　一只柑子引發的耳光

讀《金瓶梅》，最怕見潘金蓮數吃食，一數，我便心一沉——要打人了。

第一次是在第八回，潘金蓮蒸了三十個餃子，等著西門慶來吃。武大郎和前妻所生的女兒迎兒偷吃了一個。結果潘金蓮「用纖手一數」，發現少了，把迎兒「拿馬鞭子打了二三十下」，又「掐了兩道血口子」。

到了第七十三回，金蓮的母親潘姥姥來探望，潘金蓮拿水果招待她，結果又「數了數兒，少了一個柑子」。秋菊不肯承認，被春梅在袖管裡搜出柑皮，氣得潘金蓮「盡力臉上擰了兩把，打了兩下嘴巴」。

頭次打迎兒，多半是撒氣，為的是西門慶久久不來，又得知他背信負心，娶了孟玉樓。這次為了一個柑子打秋菊時，潘金蓮的頭號敵人李瓶兒已死，她重得西門慶寵愛，究竟有什麼緣由？

這只柑子，乃是西門慶正妻吳月娘的丫鬟玉簫相贈。玉簫與潘金蓮素來交好，聽說潘姥姥來，便送了四樣果品：蘋果、石榴、柑和蜜餞。其他三樣數目未知，柑卻只有「兩只」。《金瓶梅》中出現柑的次數不多，除了這次，還有第三十一回裡，仍是玉簫乘著西門慶設宴混亂之際，「拿下一銀壺執酒，並四個梨一個柑子」，送給自己的心上人書童吃。

《金瓶梅》中的果品何其之多，乾鮮果品，粗粗數來，大約有二十一種。從第一回西門慶熱結十兄弟筵席上的「果品」，到九十九回中韓道國上街去買「果子來配酒」，全書二百多個飲酒場面中，果品都少不了。最常見的乃是桃、李、蘋果，但提及柑的只這兩處，且明寫數目，一次一只，一次兩只，都顯得十分金貴。

柑與橘常混稱為柑橘，其實二者略有區別。李時珍的《本草綱目》裡，曾經根據果皮特徵，區分了柑橘的形態：「橘皮紋細，色紅而薄，內多筋脈，其味苦辛；柑皮紋粗，色黃而厚，內多白膜，其味辛甘；柚皮最厚而虛，紋更粗，色黃，內多膜無筋，其味甘多辛少。但以此別之，即不差矣。」

在古代，柑一直是果中佳品，《新唐書》中，出產於「蘇州、湖州、溫州」等地的乳柑一直是貢品，《續通志．蕭嵩傳》中也有「荊州進黃柑，帝以紫粉包賜之」。南宋葉夢得《避暑錄話》提及，種柑橘一畝，「比田一畝利數倍，而培治之功亦數倍於田」。明朝時，何喬遠《閩書》記載：「近時天下之柑，以浙之衢州，閩之漳州為最。」因為種植柑橘的效益比種植其他農作物要高，衢州農民曾經以種柑的收益來充田租。

柑橘只產於南方，果實嬌嫩，容易腐爛，包裝和運輸均屬不易。清朱彝尊《曝書亭集》記載：「隋文帝好食柑，蜀中摘黃柑。以蠟封其蒂獻之。」到了唐朝，根據《大唐新語》記載：「益州每歲進柑子，皆以紙裹之。他時長吏嫌紙不敬，代以細布。」運輸的路徑，主要是透過海運至杭州，再透過京杭大運河運至京師。亦有陸路，比如永嘉柑橘，乃是從永嘉到處州麗水轉金華，至杭州一路向北至京師。

西門慶家住山東，新鮮柑橘在本地確實不是尋常果品，所以在西門家，大約只有主人和主母可以享用，潘金蓮雖然受到西門慶的寵愛，卻也不能時常吃到柑。所以，別的果品數目不記得，只對兩只柑分外留心，打完秋菊後，潘金蓮還把「那

秋菊
什么花开结什么果什么阶级说什么话这是昔年绝对的五字真言奉为金科玉律在此指导思想下产生的作品确乎爱憎分明一看就懂的刻划人物的套路模式好人坏人完全脸谱化了潘金莲和秋菊该是同一阶级的人呢对待同一阶级姊妹何会如此歹毒呢
甲申年三月

潘金蓮鞭打秋菊

一個柑子平分兩半」，給春梅吃。雖然「春梅也不瞧，接過來似有如無，掠在抽屜內」，但明眼人都知，金蓮待春梅真是與旁人不同。

不過，話說回來，金蓮這次打人，也不全是因為柑橘貴重。當日家中為了孟玉樓生日設宴，大家團圓歡喜，唯有西門慶，點了一支「憶吹簫，玉人何處也」，思念的乃是去世的李瓶兒，金蓮冰雪聰明，怎麼品不出其中滋味。兩回打人，都為了負心的浪子，這是我心痛金蓮之處。所以，雖然把秋菊打得「臉脹腫」，還是捨不得怪她。

三一　穿越到明朝賣玉米

秋日收割季節之後的北方農村，是一場顏色的盛宴。雖然地裡已經光禿禿的了，然而場院裡，窗台上擺著火紅的柿子、暗紅的大棗；角落裡碼著還沒入窖存放的大白菜，遠看是淡淡的草綠；廊下掛著的，則是金黃色的玉米棒子，似古時的珠玉簾子。

玉米又名「玉蜀黍」，河北叫「棒子」，山西叫「玉茭子」，西北叫「包穀」，烤著吃，煮著吃，都有一種野趣。農村磨玉米麵，似乎分粗細兩種，粗粒的叫「棒渣兒」，可以和其他的糧食一起熬粥，細粉末狀的叫「棒子麵兒」，夏天缺少食欲，一碗加了糖的棒子麵粥，永遠能喝下去。

小時候最愛的是爆米花*，坐在巷子口的不苟言笑的大叔，攤子前面擺著大砲一樣的爆米花機器。可以拿玉米粒和糖精去加工，也可以直接向大叔購買。收了錢，大叔慢悠悠搖著，那機器時不時冒出一點青煙，忽然，大叔對我一聲吼：「把耳朵捂起來！」話音未落，「轟」的一聲，黑黝黝的大傢伙爆炸了，周圍的小夥伴都嚇得跑開，然而幾分鐘後，又圍攏過來——像雲朵一樣的爆米花，被大叔從機器裡掏了出來。

長大後最令人印象深刻的玉米，是在昆明吃到的包穀粑粑，汪曾祺在西南聯大時也吃過。它是用玉米磨成的粉做的，有一點鹹味，包在玉米皮裡賣。那種玉米的香氣，我一輩子也忘不了。

中國人吃玉米的時間不長，《金瓶梅》裡，卻可疑地提到了兩次，第三十一回的「玉米麵玫瑰果餡蒸餅兒」和第三十五回的「玉米麵鵝油蒸餅」。這兩樣點心都是西門慶家宴席所用，丫鬟偷偷拿出來給奶媽吃，說明是平時不太吃得到的點心。

這種穀物的原產地是美洲，美國也是現在世界第一大玉米生產國。二十世紀

* 爆米花，台灣稱為「爆米香」。

八〇年代，汪曾祺去美國，專門到海明威農場參觀，一家人有幾千畝地，主要種玉米。「玉米隨收隨即在地裡脫粒，然後就運送穀倉，只要兩個人就行了……海明威夫人說北京是很美的城市。我抱了她一下。她胖得像一座山。」

玉米的傳播，源於哥倫布的探險。哥倫布把玉米帶回，獻給了西班牙國王，很快開始在西班牙、葡萄牙等國大批種植。一五一一年，葡萄牙的航隊來到亞洲，先佔領馬六甲（Melaka），設總督掌管貿易。幾年後首航至我國廣州。據《明史》記載，正德十三年（一五一八年）佛朗機「遣使臣加必丹末等貢方物，請封，始知其名」。所謂「佛朗機」，是我國明代外交機構對葡萄牙和西班牙的統稱。葡萄牙人希望和中國建交，但明朝卻拒絕了，原因是，葡萄牙佔領的馬六甲，當時是與中國友好的滿剌加國。

不過，葡萄牙人並沒有失望，他們賴在廣東不走，並且買通了當地的鎮守太監，設法使一個叫亞三的使臣進京見到了正德皇帝。正德皇帝對於這個洋人十分感興趣，不僅不加責罰，還把亞三留在身邊，甚至在他巡視南方時，這位葡萄牙人也隨侍在側。

六十年之後，浙江人田藝蘅所著的《留青日札》，第一次出現了一種叫「御麥」的食物：「御麥出於西番，舊名番麥，以其曾經進御，故名御麥。稈葉類稷，花類稻穗，其苞如拳而長，其鬚如紅絨，其粒如芡實，大而瑩白。花開於頂，實結於節，真異穀也。吾鄉得此種，多有種之者。」「御麥」就是玉米，葡萄牙語裡的「玉米」為「milho」，和「麥子」的發音接近，當時歐洲只有佛郎機人會種植玉米，由此可見，玉米應該是由葡萄牙人傳到中國的。

雖然有些文獻記載裡認為，玉米傳入中國的時間更晚，應在嘉靖四年到嘉靖九年之間，但我還是認為，佛郎機使臣對於正德皇帝的那次覲見，直接促使了玉米的引進。這種御用的穀物，最初可能只是在上林苑嘉蔬署這樣的地方種植，後來才逐漸傳入民間。

「御麥」漸漸變成了「玉麥」，這個詞至今在陝西、四川甚至苗鄉還被人用來稱呼玉米，磨成的粉則稱為「玉麥粉」。根據《金瓶梅》成書年代可以推斷，那時玉米的普及率還不太高，仍舊是「皇家御用」的食物，難怪西門慶如此珍視，宴請客人時，才捨得用玉米麵搭配玫瑰餡兒或鵝油餡兒，完全是細點的做法。

當時的人大概不會想到，幾百年之後，御麥將成為全球最普及的農作物之一，拯救整個飢餓的世界。

三三一　栗子啊，願你永遠溫暖如春

漸漸涼薄的秋日裡，如果沒有暖陽，那應該有一雙絨線手套或者男朋友的口袋；如果這兩樣都沒有，只要一袋熱呼呼的糖炒栗子，就什麼都無所謂了。

關於栗子最著名的故事，來自陸游的《老學庵筆記》。北宋都城汴梁，有一個叫李和兒的炒栗高手，京城無人不知，無人不曉，商戶皆欲學之，終不得要領。後來汴京失陷，李和兒被擄到北京，日夜思念故國，以淚洗面，求歸無門。後有南宋使臣到北京，李和兒帶著許多炒栗，獻於使臣，獻栗子的人與吃栗子的人相對無言，唯有淚千行。

幾百年後，「失了節」的周作人寫了一首詩，再次提起這位炒栗子的李和兒：

燕山柳色太淒迷，話到家園一淚垂。
長向行人供炒栗，傷心最是李和兒。

有故國之思，滿懷矛盾的周作人當時已經無法為自己辯駁，只能自比汴京李和兒，他的這口栗子，實在難以下嚥。

我不曾遇到李和兒那樣的炒栗子聖手，家附近倒也有一個街邊的糖炒栗子攤兒，簡易的鐵皮房子，外掛著一盞昏黃的燈。店主是一對夫婦，男的用大鐵鏟不停翻炒著栗子，女的則負責裝袋、秤重和收錢。他們顯然是外鄉人，操一口河南口音：「來了您老？買多少您老？」

糖炒栗子其實是不需要糖的，甜全來自「天生質甜難自棄」的栗子本身，後來為了顏色好看，才有人往砂子裡倒糖水。現在北京的糖炒栗子，幾乎都是機械炒了，看那漢子在樹下炒栗子，裊裊白煙升起，遠遠就能看到，無端生出一種安心，十次路過，倒有八次願意過去，買一包，邊走邊吃，暖手暖心。

漢子手上的鐵鏟應該很重，我常見他額邊的汗水在燈下泛著光。往常，排隊的人不多不少，每次大概五分鐘。有一次，不知道為什麼，隊伍有點長，天冷，排隊的人便故意做出許多怪聲，抱怨炒栗子的速度太慢。漢子手上的動作，明顯快了起來，而汗珠也生成了串。女子忽然停了裝袋的手，挑出一顆賣相不太好的栗子，她大約以為可能是壞的，又不甘心，於是一捏一掏，看得見金燦燦的一小粒——是好的。

排隊的人都有點發愣，不知道她要如何處置這顆栗子。她幾乎是隨意的，看也不看，往後一塞，正塞在炒栗子的漢子嘴裡。漢子顯然有點不好意思了，黝黑的臉忽的一紅，低了頭，更加奮力地炒栗子。

隊伍安靜下來了。每個人都呆呆地望著這一幕，心裡大約都和我一般，想著一會兒的栗子，一定格外糯甜。

那女子的動作，讓我記了很久很久。某夜讀《金瓶梅》，正讀到西門慶失卻了李瓶兒，百般失魂落魄，晚上走到她的房裡，官哥兒的奶媽如意兒便特意「親剝炒栗與他下酒」，然後，他們便在李瓶兒屍骨未寒的屋子裡，共同鑒賞了如意兒對襟襖兒下「白馥馥酥胸」。西門慶對此的評價是：「我的兒，你達達不愛你別的，只愛你到

如意兒解開她對襟襖兒，露出她白馥馥酥胸

好白淨皮肉兒，與你娘一般樣兒，我摟你就如同摟著他一般。」

之前一直納悶，怎麼剝著栗子，就剝到寬衣解帶上去，有了那日糖炒栗子攤兒的見聞，我忽然意識到，女子為男子剝栗子，是一件很曖昧的事。栗子好吃，皮卻極難剝，栗子殼與果肉之間，連著一層褐色的果衣。趁熱時好剝，卻極燙；等冷時，果衣就和肉黏連在一起，難捨難分。要剝出一個完整的栗子，實在費事，除了耐心，靠的自然是情意。如意兒是《金瓶梅》裡我頗為瞧不起的女子，前一秒還哭著接受了李瓶兒的禮物，後一秒倒站在桌邊，曲意奉承西門慶，從剝栗子到性虐待一般的燒疤，她都願意接受，可是心裡想的，不過是西門慶頭上的金赤虎。

這口栗子，不吃也罷。

三三　螃蟹知己小潘潘

《金瓶梅》裡，誰是螃蟹的知己？

小潘潘說自己是第二，沒人敢說第一。

整個西門家裡，只有潘金蓮會做螃蟹。這一事實相當隱晦，在第二十二回裡，宋惠蓮因為被西門慶「潛規則」，從雜工升為吳月娘專供小廚房的料理長。要說技藝，宋惠蓮也不是沒兩把刷子，她的拿手菜是用一根柴火煮豬頭，但她並不會醃螃蟹。

西門慶便讓人教她，教導的人是潘金蓮。這螃蟹的味道如何？過了十多回，書裡便安排了一場應伯爵討蟹的戲碼：

伯爵吩咐書童兒：「後邊對你大娘房裡說，怎的不拿出螃蟹來與應二爹吃？你去說我要螃蟹吃哩。」西門慶道：「傻狗才，那裡有一個螃蟹！實和你說，管屯的徐大人送了我兩包螃蟹，到如今娘們都吃了，剩下醃了幾個。」吩咐小廝：「把醃螃蟹揀幾個來。」

這螃蟹無疑出自宋惠蓮之手，從「應伯爵和謝希大兩個搶著，吃的淨光」的表現來看，味道肯定不錯，徒弟做的尚且如此，師父潘金蓮製作醃螃蟹的水平可想而知。

西門慶家裡，吃螃蟹的次數不少。第三十五回裡，秋風起蟹肥時節，吳月娘也買了螃蟹請小妾們吃。「李瓶兒和大姐來到，眾人圍繞吃螃蟹。月娘吩咐小玉：『屋裡還有些葡萄酒，篩來與你娘每吃*。』金蓮快嘴，說道：『吃螃蟹，得些金華酒吃才好。』」金華酒乃是產自浙江金華的南酒，明清時，金華酒比紹興酒更為時人推

＊給女主人們吃。

崇，袁枚在《隨園食單》中也曾經推薦說：「金華酒，有紹興之清，無其澀。有女貞之甜，無其俗。亦以陳者為佳，蓋金華一路水清之故也。」葡萄酒和金華酒，誰更配螃蟹，諸位看官可以自己一試，立刻可見高下。

吳月娘雖然無趣，倒經常舉辦這樣的小型蟹宴。第五十八回裡，西門慶生日第二天，她也買了三錢銀子的螃蟹，請李桂姐、吳銀兒並潘金蓮、孟月樓等妻妾吃了一日。學者侯會曾經在《食貨金瓶梅》中做了一次有趣的計算，吳月娘的這頓蟹宴，按照當時的購買力，約合今天的六十元。一百多年後，曹雪芹在《紅樓夢》中也記述了一席螃蟹宴，按照劉姥姥的估價，一斤可秤兩、三個的大螃蟹，值銀五分，約合今天十元；席中共用七、八十斤螃蟹，約值銀三、四兩（第三十九回）。吳月娘請客的螃蟹肯定沒有這麼多，按照二十斤計算，每斤價格為兩三分銀子，約合今天的四到六元。康乾盛世的螃蟹價竟然漲了一倍，真是急壞了清代愛好螃蟹的小夥伴們。

潘金蓮懂不懂螃蟹，行文至此，一目了然。當然，肯定會有人提起，潘金蓮不是還曾經提議拿燒鴨子來配螃蟹的嗎？這怎麼能算得上是「懂行」的表現呢？這位看官，請仔細閱讀那一段的上下文，那明顯是小潘潘借機諷刺，用「叫鴨子」比喻李瓶兒「偷養小廝」罷了，誰叫我們小潘潘是西門府第一小毒舌呢。別忘了，就在宋惠蓮和西門慶花園偷情的第二天，她也借小廝平安之口揶揄說：「我聽見五娘教你醃螃蟹，說你會劈的好腿兒。」

這評語實在太精彩了，浮一大白。

三四　從十香瓜茄到茄鮝

夏丏尊先生去見弘一法師，見法師吃粥，桌上只有一碟鹹菜。夏老不忍，要給法師添菜，法師回答：「鹹有鹹的味道。」這本來是則禪意故事，我讀的時候，卻一直在想：「今晚也要吃鹹菜配白粥。」

我是南方人，晚飯總愛吃粥，趕不及的時候就學董小宛，用水芹菜豆豉送茶泡飯，雖然聽說這很不健康，但用我外婆的話說：「我吃了一輩子，也蠻好！」

我愛吃粥，一大半原因都是因為有醬菜。

事實上，整個江蘇都是醬菜愛好者，而說起醬菜，總繞不過揚州四美齋。看了汪曾祺先生寫的文章才知道，四美齋過去是做醬油的醬園，醃醬菜，不過是順便。這應該是屬實的，因為清宮裡的酒醋房，在承做玉泉酒、白酒、醋、豆醬、麵醬、清醬的同時，也承接各種醬瓜條、醬王瓜、醬茄子等醬菜醃製服務。

我們江蘇的醬菜，最流行是黃瓜、萵苣、嫩薑、寶塔菜之類。我們家老買什錦醬菜，一個瓶子裡什麼都有。吃的過程像一場盛大的冒險：滑溜溜的是萵苣，不受小朋友歡迎的是辣生薑，需要費點周折咀嚼的是蘿蔔片，也有擦成絲的胡蘿蔔，而我的最愛是寶塔菜，又嫩又脆，咬一口，能發出清脆的響聲，聽著這響聲，可以吃一大口粥。

所以，當我看《金瓶梅》，讀到李瓶兒病入膏肓之際，王姑子送來粳米熬粥，配粥的居然是乳餅和十香瓜茄時，忍不住大為搖頭。《金瓶梅》裡的配粥小菜，七七八八寫了十幾種，甜醬瓜茄、五方豆豉、十香瓜茄、糖蒜、醬的大通薑、辣菜、飌醋滴的苔菜、銀絲細菜、香芹、天花菜……這當然是北方的醬菜體系。

十香瓜茄，也有寫作「食香瓜茄」的，這款醬菜的歷史悠久，據說宋代時就已經出現，宋朝的《吳氏中饋錄》中詳細記載了這款茄子的製作方法：「不拘多少，切作棋子，每斤用鹽八錢，食香同瓜拌勻，於缸內醃一、二日取出，控乾。日曬，晚復入滷水內；次日，又取出曬，凡經三次，勿令太乾，裝入罈內用。」元代的《居

李瓶兒病重，漸漸飲食減少，形容消瘦，那消幾時，把個花朵般人兒，瘦弱得黃葉相似

家必用事類全集》也有製作方法：「食香茄兒，新嫩者切三角塊沸湯焯過。稀布包榨乾。鹽淹一宿曬乾。用薑絲橘絲紫蘇拌勻。煎滾糖醋潑。曬乾收貯。」

這很容易讓人聯想到《紅樓夢》裡的茄鮝。那讓劉姥姥連聲念叨「我的佛祖」的茄鮝，是我少年時代最大的謎團。雖然鳳姐詳細介紹了做法：

「把才下來的茄子把皮了，只要淨肉，切成碎釘子，用雞油炸了，再用雞脯子肉並香菌、新筍、蘑菇、五香腐乾、各色乾果子，俱切成釘子，用雞湯煨乾，將香油一收，外加糟油一拌，盛在瓷罐子裡封嚴，要吃時拿出來，用炒的雞瓜一拌就是。」

一道茄子，用香油收、糟油拌，本身已經油膩不堪。另外，「鮝」本是魚乾的意思，茄子乾應該是經過加工才可以吃的熱菜，這裡卻放在瓷罐裡貯存，當然是冷的，吃的時候卻要與炒熟的雞瓜子一拌，那到底是涼菜還是熱菜呢？這顯然是不合理的。

後來我特意去吃了幾次「紅樓宴」，吃到「茄鮝」時，上菜的服務員似乎格外賠著小心，臉上訕訕的，透著心虛。其實大家都明白，這道菜是曹公的誇大，而原型，說不定就是李瓶兒最後的那口十香瓜茄。

三五　春梅的心機雞尖湯

《紅樓夢》因為丟失了後四十回，所以我們總是想像不了，賈府究竟是如何破敗，林黛玉應該如何死，賈寶玉究竟是不是做了和尚？相比之下，《金瓶梅》雖然不知道作者，卻給了我們一個完整的故事。

蘭陵笑笑生的偉大之處，在於他並沒有把西門慶的死當作全書的高潮，西門慶去世之後，他仍舊給了我們許多經典的場景。

比如龐春梅重遊舊花園。

春梅是《金瓶梅》中的「梅」，在李瓶兒和潘金蓮相繼去世之後，她成了書裡的最後一個女主角。她是三個女主當中心腸最「硬」的，這種硬，不僅僅是心狠，更是一種剛硬果決。春梅那麼年輕，但她早就把西門慶家的所有事情都想得很清楚，金蓮為了爭寵爭風吃醋，是春梅安慰金蓮，幫她開導打氣；潘媽媽抱怨金蓮不給她寄生活費，也是春梅開導潘媽媽，幫她分析形勢——春梅大約是西門慶家裡最早醒悟的人，她的生命，早早把那些沒有用的東西，統統省略了。

然而，當她再次踏進西門慶的舊花園時，春梅心底最柔軟的那一塊，忽然甦醒了。

一切都恍若隔世，她傷感地看著金蓮房間裡的櫥櫃，看著花園裡荒蕪的青苔，她詢問起李瓶兒的八步床，月娘告訴她，因為家裡擁堵緊張，抬出去賣了三十五兩銀子。她聽了嘆氣，因為「當初我聽見爹說，值六十兩多銀子」。

春梅此時，最能體會西門慶臨死時的心情——擁有了一切，卻又一無所有。作為守備夫人，她已經成了有權勢的人，沒有人可以欺負她，她想要的新衣服與首飾，一件也不少。

可是她不快樂。她過去那一點點快樂，其實是金蓮給的，而現在，金蓮已死。

所以，她點了這樣一首〈懶畫眉〉：

當下可憐把這孫雪娥拖番在地，褪去衣服，打了三十大棍

冤家為你幾時休？捱到春來又到秋，誰人知道我心頭，天，害的我伶仃瘦，聽和音書兩淚流。

冤家為你惹閒愁，病枕著床無了休，滿腹憂悶鎖眉頭，天，忘了還依舊，助的我腮邊兩淚流。

憂傷的春梅覺得要抓住自己最後的救命稻草，那稻草便是陳經濟。陳經濟是她的遠方，「回不去的是故鄉，到不了的是遠方」，她愛陳經濟嗎？我覺得未必，但陳經濟是她和潘金蓮共同的回憶。

所以，在遇到陳經濟的時候，春梅決定，她要想辦法，和陳破鏡重圓。奇怪的是，她卻沒有找守備留下陳，而是害起了心口疼。

這一招，是為了解決一個人，這個人便是孫雪娥。

孫雪娥現在已經是春梅家的廚娘，本來對春梅並沒有什麼威脅。但春梅知道，如果把陳經濟帶回家來，孫雪娥就會認出陳，並且以孫雪娥對春梅的仇恨，她一定會告發春梅。於是，她要先找個茬兒，趕走孫雪娥。

於是，《金瓶梅》裡最蒙受冤屈的美食登場了。

良久，叫過小丫鬟蘭花兒來，吩咐道：「我心內想些雞尖湯兒吃。你去廚房內，對著淫婦奴才，教他洗手做碗好雞尖湯兒與我吃口兒。他多著些酸筍，做的酸酸辣辣的我吃。」……原來這雞尖湯，是雛雞脯翅的尖兒，碎切的做成湯。這雪娥一面洗手剔甲，旋宰了兩只小雞，退刷乾淨，剔選翅尖，用快刀碎切成絲，加上椒料、蔥花、芫荽、酸筍、油醬之類，揭成清湯。盛了兩甌兒，用紅漆盤兒，熱騰騰蘭花拿到房中。

這個湯有點超現實主義，我開始以為是雞湯，仔細看看並不是，因為只要了雞翅尖做的清湯。這道湯和《紅樓夢》裡賈寶玉吃了醒酒的「酸筍雞皮湯」較為類似。雞皮入饌，倒是古已有之，清代更為流行。乾隆年間的鹽商童北硯（岳薦）輯錄的一部《調鼎集》中有云：「雞功最鉅，諸菜賴之，如善人積德，而人不知，故今領羽族之首，而以他禽附之。」所列以雞入饌的佳餚甚多，難以舉數。其中以雞皮入饌者，就有「拌雞皮」、「膾雞皮」、「燒雞皮」種種。以雞皮入湯者，童北硯也舉了一例：「燕窩冬日宜湯，以雞脯、雞皮、大腿、筍四物配之，全要用純雞湯方有味。」（卷四）說明「雞皮」可與燕窩這樣名貴的東西一道燉湯，得其味鮮。

雞皮入饌，連至尊至貴的皇帝食譜中也有。清嘉慶帝東巡途中就吃過「四喜雞皮」、「雞皮燕窩」，可為證。《嘉慶東巡紀事》卷一記載：

初三日，駐蹕興隆屯大營。將軍進晚膳菜四品：玉蘭片松子雞、萬年清酒煨肉、四喜雞皮、燕窩海參八寶鴨羹。餑餑二品：雞肉口蘑包子、松仁澄沙饅首。收。

二十六日，駐蹕盛京宮。將軍同諸位大人遞加級謝恩折，同巴大人遞估外多修工程諸領銀兩折……進晚膳菜四品：雞皮燕窩、鹿肋酒肉、八寶鑲鴨、火肉白菜。餑餑二品：白糖油糕、豬肉盒子。收。

用雞皮做湯，是因為雞皮中含有脂肪，做出來的湯會鮮美，可是雞翅尖那麼一點肉，脂肪含量又不多，烤烤還行，做湯有甚味道？果然，春梅呷了一口就怪叫大罵：「你對那淫婦奴才說去。做的甚麼湯！精水寡淡，有些甚味？」孫雪娥忍氣吞聲，重新坐鍋，又做了一碗，多加了些椒料，香噴噴的。結果，春梅嘗了一口，又嫌做得鹹了，劈手就把碗往地上一潑，呵斥道：「成心的吧，做得這麼鹹怎麼喝啊？告訴那奴才，她要是敢再瞎做，別怪我不客氣！」

這一段，作者一定借鑒了《水滸傳》裡的魯提轄拳打鎮關西，魯達要鄭屠切「十斤肉臊子」的場景實在和此處太過相似。所以，當鄭屠被魯達連趕著折騰了兩次「細末肉臊」之後冒出一句「提轄莫不是來消遣我」時，雪娥也忍不住悄悄埋怨了一句：

「姐姐幾時這般大了，就抖摟起人來！」

等的就是你這句話——「灑家特地來消遣你！」

春梅立刻讓人把雪娥脫光了衣服，打三十棍子，又賣去妓院。諷刺的是，雪娥最終被取名「潘玉兒」，和另一位「潘金兒」包裝成一對姐妹花出場。她終究沒辦法繞過潘金蓮，她終究也像她諷刺的潘金蓮那樣，成了依靠賣弄風姿而生活的女子。

折騰了這一圈的春梅，興沖沖去找陳經濟，然而人去樓空。那一刻，春梅的感受是什麼？大約和我一樣，想起張愛玲常說的極致的「荒涼」。

三六　李瓶兒的泡螺

如何悼念故去的愛人？

古人最常做的事情是寫詩。

起頭的是潘岳。對，就是那個因為太帥，出門老被婦女們扔水果的潘安。

潘岳一生，只有一個妻子楊氏。他們的感情很好，二十四歲成家，五十歲時妻子去世，二十六載風雨同舟。她死後，潘岳沒有再娶。他不停地悼念妻子，寫了〈哀永逝文〉，又有〈悼亡詩〉三首，更有〈顧內詩〉、〈哀詩〉。〈悼亡詩〉讀來最令人潸然：

荏苒冬春謝，寒暑忽流易。

之子歸窮泉，重壤永幽隔。
私懷誰克從，淹留亦何益？
僶俛恭朝命，回心反初役。
望廬思其人，入室想所歷。
帷屏無彷彿，翰墨有餘跡。
流芳未及歇，遺掛猶在壁。
悵恍如或存，周遑忡驚惕。
如彼翰林鳥，雙棲一朝只；
如彼游川魚，比目中路析。
春風緣隙來，晨霤承檐滴。
寢息何時忘，沉憂日盈積。
庶幾有時衰，莊缶猶可擊。

潘岳掀起了文人用詩歌悼念亡妻的潮流，前赴後繼。

死了十年的，猛然記起「小軒窗，正梳妝」（蘇東坡）；死了三年的，是「料也覺、人間無味」（納蘭性德）。

但有時，詩句寫得好，卻不一定有潘岳的真情實意。比如元稹，儘管也寫出了「曾經滄海難為水，除卻巫山不是雲。取次花叢懶回顧，半緣修道半緣君」。用詞和造句比潘詩要講究很多，但終究不夠自然。當然，他很快就再婚了。

昨日還山盟海誓，甫一死別，自然痛徹肺腑，無論才子、浪子，都邁不過去。不會寫詩的浪子西門慶，也有自己的悼念方式。

西門慶對李瓶兒，是動了真感情的。尤其在李瓶兒有了孩子之後，看關於兩人生活的描寫，完全是家常夫婦。哪怕是李瓶兒把西門慶推去潘金蓮房裡睡，都是情意綿綿、深情款款的。

最讓人吃驚的是李瓶兒臨去世之前，西門慶請來高人為她做法續命。結果法術失敗，無力回天。高人說，李瓶兒的死期就在今晚，但西門慶不可進房，否則將會死於非命。結果，西門慶獨自一個坐在書房內，掌著一支蠟燭，心中哀慟，口裡只長吁氣，尋思道：「法官教我休往房裡去，我怎生忍得！寧可我死了也罷。須廝守著和他說句話兒。」

我看到這裡，也不免哀嘆，無論是怎樣放蕩不羈的浪子，還是會袒露一點真心。哪怕只是一點。

西門慶失了李瓶兒，身邊縱有如花美眷，見到眼裡，都是死去的六娘影子，點戲「只要熱鬧」，聽了兩句居然落淚，妓女鄭愛月為了寬慰西門慶，親手給西門慶「揀」一道名為「酥油泡螺」的點心，旁人吃了大讚，只有西門慶說：「此物不免使傷我心。惟有死了的六娘他會揀，他沒了，如今家中誰會弄他？」

酥油泡螺，聽起來好像一味海味小碟，可根據應伯爵的說法，此物「上頭紋溜，就像螺螄兒一般」，吃起來入口即化，便知不是真的海螺之類。何況鄭愛月送來時，已明說乃是兩盒「茶食」，另一盒是果餡的頂皮酥，可見這酥油泡螺，必然是甜品了。

一個「酥」字，倒可解開此物的謎底。南朝顧野王《玉篇》是現存字書中最早收入「酥」字的。《玉篇》：「酥，音蘇，酪也。」《齊民要術》裡介紹，把牛奶煮熟之後，掠取浮皮可成「酥」。這酥，大約便是奶油的中國雛形了。

西門慶見李瓶兒死了，大放聲號哭

由此可見，西門慶所愛的酥油泡螺，應是用奶油做成的螺狀小點心。這絕不是西門慶的杜撰，明朝牛奶骨灰粉張岱便在《陶庵夢憶》裡說到「帶骨鮑螺」的做法：「以蔗漿霜，熬之、濾之、鑽之、掇之、印之，為帶骨鮑螺。」在我理解，酥油泡螺大概類似如今蛋糕上的裱花，一渦一旋裱成螺形吧。

張岱對於奶製品的熱愛，絕對比浪子西門慶要專一。第一證據便是，為了製作更多奶製品，他買了一頭牛！

這件事即使放在今天，也有些瘋狂。更何況，張岱是誰？深深庭院裡的繁花似錦，煙花在幽藍的夜空中綻放；那些穿著華麗錦袍的少年排演了新戲，在月光下演出，配著的是明前的新茶，連水也是剛剛發現的新泉；用素手破開金黃的橘子，初雪的時候記得去西湖……他要是打算做古代文藝男青年頭號代表，估計誰也不敢說「不」字。

現在，你需要想像的是，這樣一個文藝男青年張岱，每天晚上最看重的事情，除了看月亮，還有看擠奶。

奶牛每晚辛勤完成自己的工作，張岱充滿欣喜地看到這些新鮮的牛奶，讓僕人把牛奶盛放在銅盆內，讓它靜靜待著，過一夜。

第二天早晨，當陽光撒滿庭院，張岱的僕人便按照主人的吩咐，再次來查看這些牛奶，這時候，便可見「乳花簇起尺許」。乳花應該就是未經加工的稀奶油。張岱最喜歡把這稀奶油加工成各種食物，上文所提及的「帶骨鮑螺」便是其中之一。

張岱創造了稀奶油，也創造了一個奶油家族：在稀奶油裡加米酒，便是《紅樓夢》裡娘娘賞賜的「糖蒸酥酪」；在稀奶油裡加醋，可以做成固態的乳餅；在稀奶油內加豆粉，冷卻後，便是奶油豆腐。另外，請朋友吃蟹，必須要喝張岱最愛的奶油飲品——配摻了新鮮奶油的茉莉花茶，聽說「玉液珠膠，雪腴霜膩，吹氣勝蘭，沁入肺腑，自是天供」。連吃像螃蟹這麼膩的東西都要喝奶油茶——我簡直要懷疑，張岱還是不是那位歷史上赫赫有名的小清新？

李瓶兒做的酥油泡螺，有白色和粉紅兩種，上面還撒金粉，這大概是泡螺的高級版了。倘若佳人泉下有知，恐怕也會欣慰，雖然西門慶之後就繼續摟著鄭愛月玩耍，勾著潘金蓮吃酒，甚至連李瓶兒兒子的奶媽也不放過，但這一瞬間的感傷，也算是浪子的那一點真心。

三七 最後的乳餅

《金瓶梅》中，涉及李瓶兒的宴會最多，因為她有錢，總是自己拿出銀子來置酒，請西門慶，請吳月娘，連那個最著名的一根柴禾燒豬頭，也是李瓶兒下棋輸給潘金蓮的五錢銀子做的東道。

然而細數李瓶兒的宴會，多半只是「滿斟一杯」遞過去，或是推託飲不下了，桌上的果品菜餚都不細寫。瓶兒是老實人，嫁到西門慶家裡之後，便只要博得一個「賢慧」的名聲，實在沒甚趣味。

我印象最深刻的食物，倒是第六十二回，失了兒子的瓶兒病入膏肓，往日得了她不少好處的王姑子前來看望：「迎春姐，你把這乳餅就蒸兩塊兒來，我親看你娘吃些粥兒。」病人喝粥滋補，這還好理解，就粥而吃的乳餅卻是何物？有何療效？

乳餅在當時還有個別名，叫乳腐。明朝的李時珍在他的《本草綱目》中，寫的就是「乳腐」，而把「乳餅」作為別名。這個名字很容易讓人想起「腐乳」，袁枚在他《隨園食單》中提到的蝦子腐，北方人喜歡的王致和臭豆腐，還有桂林人的廣西乳腐，都是豆腐乳。

二者名字雖然相近，卻不是一樣的東西，否則，王姑子巴巴兒來探望將死之人，帶了十塊豆腐乳，實在對不起瓶兒平日裡出的那麼多香油錢。

乳餅，乃乾酪也。

現在的中國人，大多對西方的奶酪敬謝不敏，卻不知這其實是老祖宗們的珍貴滋補食物。關於乳餅最早的文字記載始於晉，那個時期由於長期的封建割據和連綿不斷的戰爭，大量的胡人搬到中原來住，使得這一時期中國文化的發展受到特別的影響，尤其飲食文化。比如晉盧諶《祭法》中記載的：「夏祠別用乳餅，冬祠用環餅。」

唐代時，長安曾經流行「燒尾宴」，官員升遷，便在家中舉辦此宴，款待親友。唐中宗時，韋巨源官拜尚書令，便在自己的家中設「燒尾宴」請唐中宗。第一道點心，便是單籠金乳酥，有人考證，這道點心其實便是乳餅，「金」乃黃色，蒸出來的乳餅，確實是黃燦燦的。

宋代之後，乳餅從宮廷走向民間，《東京夢華錄．清明節》記載：「節日坊市賣稠餳、麥糕、乳酪、乳餅之類。」

明朝時，乳餅依舊興盛。神宗萬曆年間，宮中有一位叫劉若愚的太監，寫了一本《酌中志》，全書二十四卷，真實地記述了明代宮中的內廷職掌和飲食風尚。其中，正月裡，宮中常吃的食物，便有乳餅。凡遇下雪的天氣，宮人便聚在暖室，觀賞盛開如火的臘梅花，吃炙羊肉、乳餅乳皮和乳窩卷蒸食。

乳餅的製作，早在北魏時期的《齊民要術》中就有記載：「日中炙酪。酪上皮成，掠取；更炙之，又掠。肥盡無皮，乃止。得一斗許，於鐺中炒少許時，即出。於槃上日曝，浥浥時，作團，大如梨許；又曝，使乾。」我曾經依照這個方法做過，味道和大理買回的乳餅一般無二，可見方法大致相同。

乳餅不僅美味，亦有藥用。唐朝的中醫著作《四聲本草》中說乳餅不僅是一種美食，還具有藥用價值：「乳餅味甘，性微寒，可入藥」，「治赤白痢，切如豆大，麵拌，酸漿水煮二十餘沸，頓服，小兒服之彌佳。」元朝的忽思慧在《飲膳正要》中，說乳餅主療「脾胃虛弱，赤白洩痢」。王姑子見李瓶兒帶乳餅，倒也恰當。只可惜探病是假，在瓶兒面前，王姑子只顧著說她的競爭對手薛姑子的壞話，難怪李瓶兒一口也吃不下。

三八 抓住男人胃，就能抓住男人心嗎？

我一直在想，好色的西門慶為什麼會娶孫雪娥？

潘金蓮、李瓶兒無不是一等一的佳人，孟玉樓雖然有點麻子，也是「行過處花香細生，坐下時淹然百媚」，美貌是西門慶納妾的第一要務。

除了有美貌，有錢也可以。李瓶兒坐擁萬貫家財，即使不夠美，西門慶也一定要找機會把她搶過來，因為連孟玉樓有一張拔步床，也成為西門慶納妾的加分項。

這樣一比，孫雪娥簡直一無是處。

孫雪娥的出身是有些尷尬的，她是西門慶原配大娘子陳氏的陪房，「五短身材，輕盈體態，能造五鮮湯水，善舞翠盤之妙」。我翻遍《金瓶梅》，幾乎再也找不到對孫雪娥的其他評價，第七十五回裡，李瓶兒的奶媽如意兒倒有一句，「雪姑娘生的清秀，又白淨，五短身子兒」。這兩個評價可以互相印證，說明了兩點，第一，孫雪娥個子不高。第二，孫雪娥不夠美貌。要知道，相對於評價潘金蓮的「美貌妖嬈」、李瓶兒的「甚是白淨」，用「清秀」來形容一個女人，在《金瓶梅》裡，絕對不是一件值得誇耀的事情。

當然，有人說，孫雪娥是有核心競爭力的——她會做飯。不是有一句名言叫「獲得男人胃就能獲得男人心」嘛！孫雪娥一定會告訴你，千萬不要相信這句鬼話。

偶爾做一次飯是情趣，天天做飯便成了習慣。孫雪娥會做的菜式雖然多，卻不夠精緻，要耗費很多時間的荷葉餅也好，瑣碎複雜技術含量高的雞尖湯也罷，都比不上李瓶兒的酥油泡螺、潘金蓮的蒸餃，甚至宋惠蓮的一根柴禾燒豬頭。

當做飯成為一種職業，孫雪娥就很尷尬了。她竟然拿著一份工錢要打兩份工，除了做西門慶的第四房小妾，平時還要「單管率領家人媳婦在廚房上灶，打發各方飲食」，會親見客，連李嬌兒都有份，偏偏孫雪娥只做著西門慶家「首席廚娘」。

比如，李瓶兒第一次造訪西門慶家，就敏感地發現，滿屋子花團錦簇，唯獨孫雪娥頭上的首飾比其他人都少。而且，她坐了沒一會兒，就「不敢久坐」，忙著「回

孫雪娥生的清秀，又白淨，五短身子兒

廚下照管」。西門慶給諸位妻妾置辦新衣服，吳月娘是兩件袍兒，兩套襖兒，再配兩條裙子；潘金蓮、李瓶兒、孟玉樓、李嬌兒都是一件袍兒，兩套衣服；到了孫雪娥，卻「只是兩套，就沒與他袍兒」。

西門慶難得在孫雪娥房裡睡了一夜，次日，雪娥甚為得意，想要嘚瑟*一下，潘金蓮便刻薄地譏諷：「沒廉恥的小婦奴才，別人稱你便好，誰家自己稱是四娘來？這一家大小，誰與你，誰數你，誰叫你是四娘？」這話雖然刺心，卻是實話。因為孫雪娥的地位，實在連龐春梅也不如。和春梅起了衝突，孫雪娥罵了一句「奴才」，就立刻被西門慶怒氣沖沖踢了幾腳：「你如何罵他？你罵他奴才，你如何不溺泡尿把你自家照照？」由此可見，雖然位列「四娘」，西門慶卻從來沒有把她當作妻妾，只把她看作一個奴才。

《金瓶梅》成書幾百年，有人為潘金蓮喊冤，有人替龐春梅代言，而孫雪娥，則只有清代的婦女之友李漁為其鳴不平，認為孫雪娥也算有一雙巧手，卻境遇悲慘，「吾惱如雪娥者，不得歡娛而反勞碌」。

＊嘚瑟，過分的炫耀、招搖。

冬日有雪，
而雪夜是屬於潘金蓮的。
金蓮在雪夜溫了酒，等武松來，
心「突突」地跳；
也在雪夜彈琵琶，等著西門慶，
等來的，卻是西門慶在李瓶兒處的溫言廝守。
相比之下，
吳月娘在雪夜焚香禱告，就實在做作許多。
大雪無痕，
掩蓋的，是人與人之間欲望的糾纏。

三九 你吃過西門慶的鮓湯嗎？

第一次見到「鮓」這個東西，是在貴陽的菜市場。黃澄澄紅艷艷的小米鮓盛在暗赭色的罈子裡，罈子的主人是一個有著齊腰長髮的女人，那烏髮真長，黑得發亮，映照在瓷罈子上，一閃一閃。

女人的眉眼始終低著，看不清面目，她並不吆喝，只是盯著她罈子裡的鮓，帶著笑，那顯然是她的傑作。我站在不遠處，望著她和她的鮓，忽然想，這一定是一種迷人的食物，要不然，她如何在陽光下，那麼美！

「怎麼吃？」我問她。

「裡面是五花肉，咋個吃都好吃。」

鮓的歷史，就像那女人的頭髮，是悠長的。

之所以是魚字旁，乃是因為最早，古人用這種方式來防止鮮魚變質——把鯉魚切片撒鹽，壓掉多餘的水分，然後放置在甕中，加上拌有茱萸、橘皮與酒的米飯，一層魚，一層飯，以箬竹葉封口，做成鯉鮓，這是皇帝才能吃的貢品。這個方法是隋代人想出來的，但事實上，鮓的烹飪方式，大約從漢朝就開始流傳。

開始是魚，漸漸地人們發現，這種米飯和食物的發酵，實在令人著迷，花樣就多了起來：安祿山被賜予的野豬鮓、黃庭堅收到朋友張泰伯送的黃雀鮓、《夢粱錄》裡記載的鮮鵝鮓……無論中原帝京，抑或邊遠鄉野，鮓這種食物就這樣流傳開來。到了清代，辣椒、茄子、扁豆、雞肉，無物不能入鮓。南宋詩人范成大在他的《桂海虞衡志》裡告訴我們：「每歲臘中，家家造鮓，使可為卒歲計。有貴客，則設老酒、冬鮓以示勤。」臘月裡天氣寒冷，北風凜冽，正是造鮓的好時節——因為鮓之技術，重點就在於去除食物的水分，與食材和米的乳酸發酵。

《金瓶梅》中，鮓是西門慶家裡必不可少的美食。而且，主人西門慶似乎對這種菜非常喜愛，甚至還會主動囑咐春梅，把「肉鮓拆上幾絲雞肉，加上酸筍、韭菜，和成一大碗香噴噴餛飩湯來」。西門慶發明的肉鮓，是明朝才有的新吃法，和唐宋人的鮓相比，有著不小變化。明之前，人們所做的多為「生鮓」，即以新鮮魚或肉為鮓，吃時直接入口，而不多加烹調。明代開始，人們嘗試由「生」而「熟」，既保持了鮓之風味，又減少了拉肚子的風險，實在是一大進步。第二十七回，西門慶與潘金蓮在花園納涼，丫鬟送來酒食果盒，在「一碗冰湃的果子」之後，上的是「攢就的八槅細巧果菜：一槅是糟鵝胗掌，一槅是一封書臘肉絲，一槅是木樨銀魚鮓，一槅是劈曬雛雞脯翅兒，一槅鮮蓮子兒，一槅新核桃瓤兒，一槅鮮菱角，一槅是鮮荸薺，一小銀素兒葡萄酒，兩個小金蓮蓬鍾兒」。這裡的木樨銀魚鮓，按照我的猜想，也應為熟鮓，因木樨即為雞蛋，如果是用生雞蛋拌銀魚做成的鮓，似乎不符合西門慶的口味。

但不知為何，鮓這種東西，到了清代後期就漸漸式微。也許是因為新鮮食材越來越容易得到，抑或生活節奏越來越快，要做的事情太多，人們越來越不耐煩製作這種工藝複雜的食物。

所以，在貴陽的菜市場，我看著那女人，久久不願離去，最終買了一小份小米鮓，晚上央求友人的媽媽上籠屜蒸了當主菜。天漸漸暗下來了，和月亮一同升起的，是滿屋子的香氣。每個人都停了手中的事，望向廚房，望向爐灶上那一小青竹籠中蒸著的小米五花肉鮓。

終於上桌了，入口是滾燙的鮮，小米似乎完全成了配角，在舌尖若隱若現，油脂瀰漫開來，這才感受到鹹。比我想像的要鹹一些，配飯正好。昏黃燈光下，每個人默默地吃著，好像在仔細琢磨歲月的味道。

「買少了。」這是那天晚上唯一的話題。

四十　春不老的千年難題

我熱愛《金瓶梅》，因為這不是一本「小黃書」，或者說，不單單是一本「小黃書」。

但我知道，不管我如何強調《金瓶梅》重在敘寫人情，幾百年來扣在它頭上的「小黃書」稱號，一時半會兒也很難被「摘帽」。

《金瓶梅》裡的性描寫很多，連菜餚中也有色情性的暗示。比如西門慶請胡僧吃飯一節，下酒菜裡，偏偏選了「一碟子癩葡萄、一碟子流心紅李子」兩樣「豔物」，難怪胡僧吃完，馬上懂行地奉上了能讓西門慶「金槍不倒」的神藥了。

所以到了第七十五回，西門慶沒在外吃酒，回來得早，吩咐「下飯不要別的，好細巧拿幾碟兒來……揀了一碟鴨子肉，一碟鴿子雛兒，一碟銀魚鮓，一碟掏的銀

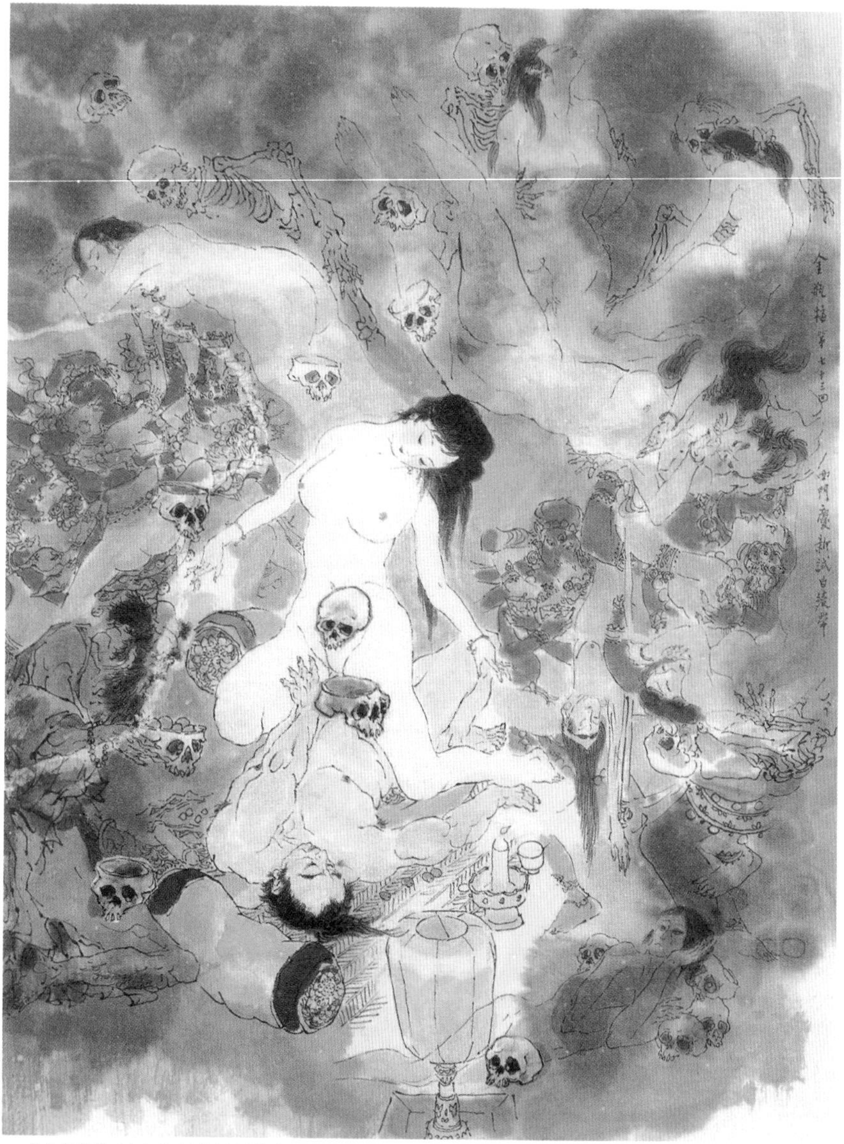

《金瓶梅》給人的印象總是情色的

苗豆芽菜，一碟黃芽韭和海蜇，一碟燒臟肉釀腸子，一碟黃炒的銀魚，一碟春不老炒冬筍」。

初讀此處，我以為春不老也是西門慶家的發明，為的是映襯西門慶好色的性格，浪子的本心。甚至，曾經把春不老劃到諸如「牛歡喜」*一類的中國傳統「以形補形」的食物中去了。

春不老，究竟是什麼？

這不是「春不老」在書中的第一次出現。第七十二回，潘金蓮給西門慶點了一盞讓我終生難忘的「濃濃艷艷芝麻鹽筍栗絲瓜仁核桃仁夾春不老海青拿天鵝木樨玫瑰潑滷六安雀舌芽茶」。這是喝茶還是唱大鼓，我們已有討論，但春不老在這裡居然成了茶的一部分，實在太神奇了。也足以證明，我對春不老的最初猜想，是錯誤的。

「春不老」是個千古難題，直到我碰到一個保定的同事。

他說：「咳，你們南方人就是孤陋寡聞。沒聽說嗎？我們保定有三寶，鐵球、麵

* 牛歡喜，母牛的生殖器。

醬、春不老。春不老，就是雪裡蕻。」

恍然大悟。

雪裡蕻，是芥菜的一種。中國種植雪裡蕻，歷史可謂悠久。清代陳元龍撰《格致鏡原》裡就有記載：「四明有菜名雪裡蕻。雪深諸菜凍損，此菜獨青。」新鮮的雪裡蕻，我只吃過一次，乃是在四川，在火鍋裡涮著吃——有種吃厚切片不那麼鹹的榨菜的感覺，事實上，芥菜醃製之後，就是榨菜。

在我們家鄉，雪裡蕻多半都是醃製後吃的。菜市場的角落裡總坐著幾個看起來面目模糊的婦女，面前放著幾個搪瓷臉盆，盆裡是醃好的雪裡蕻，本地人怕麻煩，統一稱為「鹹菜」。有段時間，這些婦女都莫名消失了。我爸去買菜，調查了一番，告訴我們，原來有人用工業鹽醃了鹹菜，買的人吃進了醫院。後來又知道，那個吃了中毒進醫院的，乃是我們中學的化學老師。他曾經在課堂上講得頭頭是道，工業鹽的分子式是$NaNO_2$，食用鹽則是NaCl。

這個有關雪裡蕻的插曲，讓我在很長時間裡，有點害怕雪裡蕻，連帶著化學也差了起來。

雪裡蕻也有超級粉絲，比如清末的薛寶辰。

這位翰林院侍讀學士給後人做出的最大貢獻，就是在吃素之餘，寫了一本素食菜譜《素食說略》。這裡面，有「醃雪裡蕻」的條目：「一名春不老。削去粗根及黃葉，洗淨，晾乾水氣。每菜十五斤，用鹽一斤。入缸醃一夜，次早取起。晾乾，再入缸醃之。如此三次，即成矣。切碎下飯，或炒豆腐，或湯均佳。入春天暖，可蒸過曬乾。夏日以熟水浸軟切碎食尤佳。惟每起缸時，須費工夫將菜揉搓。揉搓愈到，菜之色味愈佳。」

薛寶辰是西安人，但這手醃雪裡蕻的做法和吃法，江南亦有。去歲冬日，生了一場病，感冒發燒，形容枯槁。忽得家人寄來的茨菇，用報紙包著，打開居然清香撲鼻。電光火石的一念閃過，只想吃一碗鹹菜茨菇湯。

深夜十點，我吃上了那碗湯。雪裡蕻暗綠，茨菇片雪白，因為鹹菜的鹹，連鹽都沒有放。一口氣喝下去，暖意像春天的消息，點點透上來，數日發苦的口腔裡，第一次感受到了鮮味。

我從沒像那時那樣愛春不老。

四一　明朝羊肉的沒落

有一次看改編版的《水滸傳》，記得是杜淳演的西門慶。勾引潘金蓮一折，王婆為他們置了一桌酒席，主菜是燉羊肉。導演還專門為這塊羊肉準備了台詞：「娘子嫌這羊肉羶？小人卻喜歡。最喜歡羊肉羶。」

導演應該沒有讀過《金瓶梅》。

《金瓶梅》裡，西門慶吃羊肉的次數不算多，雖然西門府中倒是常備，但多半都是給下人吃的。第四十六回裡，一碗燒羊肉是給唱曲兒的李嬌兒的兄弟李銘吃的；給官哥兒準備的寄名*禮中雖有「一腳羊肉」，但哪裡比得上「四隻鮮鵝，四隻鮮雞」的排場大。

我小時不大喜歡吃羊肉，只有在冬季，獨愛一味帶皮羊腩煲。羊肉帶皮吃，似乎只是南方習俗，我家中來了裡下河地區（今蘇中一帶）的親戚，見到羊肉帶皮都大驚失色。周作人的家鄉紹興也吃帶皮羊肉，據他考證，韓熙載出使中原，中原人便問起了「江南何故不食剝皮羊？」由此可見，在五代時，江南便吃帶皮羊肉了。

公司附近有一個小小的「北平羊湯館」，一年四季都客滿，店外常有豪車停駐。加班時食無滋味，便去買一碗羊雜湯配芝麻燒餅，喝一口，立刻覺得攥著一個小火爐。近日公司搬家，特意再去喝了一碗，最大收穫是，原來這看起來文藝的名字，源於老闆叫張北平。

羊肉統治中國人餐桌的年代，已在千年之前。《禮記》裡明確規定，君主祭祀時，牛、羊、豬是必備，稱之為「大牢」，這是只有國君和貴族才有資格享用的肉食。「大牢」中，牛因為兼具勞動工具的地位，所以吃牛肉的機會便大大減少了。到魏晉之後，人們逐漸減少了家豬的飼養，羊肉開始真正主宰中國人的餐桌。南北朝時期的《洛陽伽藍記》曾寫道「羊者是陸產之最」。北宋《太平廣記》中有關肉類的

＊寄名，請和尚、道士為孩子取名叫做「寄名」，以求神明、菩薩的保佑。

記述總共一〇五處，其中對羊肉的記載就有四十七處，而豬肉只有十二處。

宋朝皇帝對於羊肉的熱愛達到令人髮指的地步，最著名的故事來自宋仁宗。《宋史．仁宗本紀》說仁宗皇帝：「宮中夜飢，思膳燒羊，戒勿宣索，恐膳夫自此戕賊物命，以備不時之須。」想吃羊肉想到夜裡睡不著，這大概對羊肉是真愛了。宋朝皇帝對於羊肉的需求確實很大，宋真宗時，御廚每天宰羊三百五十隻，仁宗時每天要宰二百八十隻羊，英宗時減少到每天四十隻，到神宗時雖然引進豬肉消費，但御廚一年消耗羊肉四十三萬四千四百六十三斤四兩，而豬肉只用掉四千一百三十一斤，還不及羊肉消耗量的零頭。

不過，到了西門慶生活的明朝，羊肉已經不如過去那麼金貴和流行。萬曆五年，羊肉一斤賣〇．〇一三兩紋銀，豬肉的價格則是〇．〇一八兩紋銀；到萬曆二十年，豬肉漲到〇．〇二兩，羊肉一斤則需要〇．〇一五兩。《金瓶梅》中，羊肉只做了一回主角。那是在第五十六回，貧寒的常二找結拜兄弟西門慶借錢，西門慶躊躇半日，借了十二兩銀子，說是「那日東京太師府賞封剩下的十二兩」，這句話頗讓人想起《紅樓夢》裡鳳姐借給劉姥姥的給丫頭們做衣裳的二十兩銀子。常二拿到錢回家，卻聽到常二嫂的咒罵「出去一日，把老婆餓在家裡」，於是連忙取栲栳*上街買了米和一大塊羊肉回來。

回家時，老婆在門口接住——可見期盼之殷切——道：「這塊羊肉，又買他做甚？」常二笑道：「剛才說了許多辛苦，不爭這一些羊肉，就牛也該宰幾個請你。」

看到這對尋常夫婦的柴米文字，我忽然鼻頭一酸，半晌無言。

＊栲栳，竹製或柳條製的容器。

四二　喝酒怎麼能沒有行酒令

去年夏日在法國鄉下度假，每天的生活重點只有一個——喝酒。從正午一直喝到夕陽西下，喝到月上柳梢頭，喝到曉風殘月，明日復明日，永遠在喝酒——主人家端上來的下午茶，配著拿破侖的，亦是香檳。

法國人真愛喝酒啊，可是喝酒的時候，除了聊天，他們似乎無事可做。在這點上，中國人可就不一樣了。

全世界有關喝酒的遊戲，大概都是中國人發明的，我們稱之為「酒令」。酒令有雅有俗，老少鹹宜，清朝人俞敦培甚至專門寫了一套足足有四卷的《酒令叢鈔》，足見中國人對於酒令方式的花樣之多。

酒令興起於周朝的宮廷，《周禮．天官》中就有相關的記載。漸漸地，飲酒不再

吳月娘向天井內滿爐炷香，望空深深禮拜

是君王貴族的特例，飲酒設官的禮儀制度逐漸演變成一種飲酒時的遊戲。這種宴飲之戲，從王羲之的「曲水流觴」到李商隱的「分曹射覆蠟燈紅」，從白居易的「碧籌攢米碗，紅袖拂骰盤」，到劉姥姥的「花兒落了，結個大倭瓜」，有吟詩誦詞的高雅之樂，也有猜枚解謎的平俗之趣。由此可見，行酒令是全民文化，從上而下，雅俗共賞，其樂融融。

西門慶家的酒令，比劉姥姥說的稍雅致，但也沒能達到王羲之的雅興，如果《紅樓夢》裡的姑娘穿越到西門慶家，唯一高興的大約是史湘雲，因為西門慶家的行酒令，以擲骰猜枚居多。比如，第二十一回《吳月娘掃雪烹茶，應伯爵替花邀酒》裡，吳月娘進行的便是「擲骰猜枚行令」。作為行令官，吳月娘要求大家「照依牌譜上飲酒：一個牌兒名，兩個骨牌名，合《西廂》一句」。

所謂猜枚又叫「藏鈎」，即將一個骰子握於掌心之中，說一些提示性語句，讓人猜之，猜中者為勝，不中者則要罰酒。猜枚發展到清代，演變得更為複雜，將三枚瓜子、兩枚花生分別握於兩掌心之中，任意伸出一隻手，令人猜單雙、枚數和顏色。中者勝，不中者罰酒。而所謂擲骰，則簡單很多，行令之前，由行令者先決定是賭大還是賭小，再將骰子擲出，然後定勝負。這個遊戲，一直到今天還在玩，可見其流行程度。

吳月娘行酒令這天，其實是孟玉樓的生日，西門慶卻和應伯爵一起去妓院裡吃花酒，孟玉樓心裡自然不大痛快，在酒令中念出了「念奴嬌，醉扶定四紅沉，拖著錦裙襴，得多少春風夜月銷金帳」的句子，作為一個行事謹慎的小妾，這樣很不「孟玉樓」。難得的是，吳月娘卻大度地勸說西門慶當晚到玉樓房裡歇息：「你吃三大杯才好！今晚你該伴新郎宿歇。」如此大度，當然是因為吳月娘剛剛憑藉雪夜禱告，和西門慶重歸於好，家中小妾們刻意奉承，安排筵席。在全本《金瓶梅》裡，這大約是吳月娘最得意揚揚的一次，她贏得了西門慶的心，雖然只是暫時。

印象最深刻的一次行酒令，在第六十回。那時，官哥兒去世，西門慶緞子鋪開張的當天晚上，眾人飲酒行令，歡樂無度。席上所行的酒令，詞話本裡複雜，而繡像本則相當簡潔。西門慶擲骰子擲了個六點，說了一句：「六擲滿天星，星辰冷落碧潭水。」從滿天星到星辰冷落，是否預示著從排行第六的李瓶兒開始，這個曾經花團錦簇、充滿嬌妻美妾的大家庭即將面臨風吹雲散的命運？

這些充滿預言的文字遊戲，幾百年之後，被《紅樓夢》主人學到了家。

四三 沒頭腦的頭腦湯

自從我得了膽結石，之前幾乎消失的早餐便成了緊箍咒——哪怕睡得再晚，也要起來吃早餐，為了那個緊箍咒一樣的小石子不要繼續變大。

父母那一輩的早飯，最常見是隔夜飯加水煮一煮，切點青菜進去就是菜泡飯，單純的泡飯可以配揚州醬菜，倘若連做泡飯的時間也沒有，便只好上班路上買只蔥油餅或者包子。總而言之，圖的是一個方便、快捷、頂飽。

只有到了週末，全家慢騰騰、篤悠悠地起床，然後去家門口的湯包店，吃一籠湯包加一客泡泡小餛飩*，是難得的奢侈。

* 泡泡小餛飩煮沸時像泡泡一樣漂浮起來，因此得名。與一般餛飩不同，皮薄肉餡少，極其鮮美。

在家吃早飯，吃的是安心；出差在外，早飯便有了獵奇的色彩。陌生的城市和陌生的風景，那熱氣氤氳的早點攤卻是相似的，散發著讓人興奮的香味，勾引著你走向前。難忘常德街頭那碗顏色鮮艷、味道濃郁的牛肉米粉，夢裡也會想念的是蒙自早市上的紫米雞肉過橋。還有在雪梨偶然發現的廣式早茶店，一份淮山雞腳湯連我的香港同事都嘆為觀止……

只有一樣早飯，至今想起來，依然是難以忘懷，滿懷敬意的。

然而，並不想吃第二碗。

那是在太原，為了寫一篇傅青主的文章。

傅青主，就是傅山。

傅山是個牛人。雖然他最有名氣的頭銜是「抗清鬥士」，但人家是有核心競爭力的。寫字好，好到求他墨寶的人從太原可以一直排到京城。學問好，連康熙皇帝都久仰他的大名。這還不算，傅山還是個好大夫，我曾在北京畫院美術館的「我來添爾一峰青」傅山展覽上，看過他開的婦女痛經秘方，請教了一位中醫朋友，原來傅山老師的婦科藥方，至今仍有二十三個留在教科書裡，並在臨床中應用，效果很好——他最擅長的，就是調理大姨媽。

「上次我開給你吃的那劑藥，就是傅山方子調整而來的。」朋友在電話那頭漫不經心地說著，我在電話這頭差點想給傅山老師下跪——真的很靈，姨媽確實沒那麼痛了！

所以，到了太原，怎麼能不嘗一嘗傅山發明的「清和元頭腦」呢？

「頭腦」又名「八珍湯」，是由黃芪*、煨麵、蓮藕、羊肉、長山藥、黃酒、酒糟、羊尾油配製而成，外加醃韭菜做引子。王仁興先生在《中國飲食談古》中引山西民間傳說介紹：「在傅山的建議下，這家飯館起字號為『清和元』，八珍湯則易名『頭腦』。每逢傅山給體弱需要滋補的人看病，便告訴他們去『吃清和元的頭腦』。」「清」和「元」的言外之意，不言而喻。這樣一碗聽起來既能強身又能健腦的早飯，我可不想錯過。

當地朋友說，要吃頭腦，須要起早。據說，早年太原人天不亮就起來吃頭腦，

* 黃芪，又稱北芪、黃耆。

所以當地有俗語稱為「趕頭腦」，因為太早，經營頭腦的餐館門前都掛一盞燈籠作為標誌。

於是，寒冬臘月裡，愛睡懶覺如我，也凜然從被窩裡爬起來，睡眼惺忪跟著朋友去吃當地最正宗的頭腦。

端上來的一瞬間，我徹底蒙了。

一碗半稠的湯糊裡，若隱若現的是三大塊肥羊肉，一點藕和山藥。喝下去一口，一股濃重的酒味，強撐著嚥下去，漸漸漾上來的是藥味，一點也不誇張，只要一口，就足夠把我嚇醒。雖然朋友一再提醒我「慢慢會喝出食材的甜味」，但真的，抱歉，這碗沒有放鹽的酒味羊肉補藥，我實在是喝不下去了。若是能穿越回去，面見傅青主，我一定要告訴他，要「反清復明」，只須告訴大家，從了清朝皇帝，只能頓頓喝「頭腦」。

奇怪的是，現存資料上都說「頭腦」是傅山的發明，成書於明中期的《金瓶梅》裡，西門慶卻也沒少吃。第七十一回，西門慶進京，住在何千戶家裡。第二天，何千戶請他吃早飯，先吃薑茶，然後放桌兒請吃粥，吃完粥，居然又來一碗「肉圓子餛飩雞蛋頭腦湯」。由此可見，西門慶的頭腦湯裡，有餛飩、有雞蛋、有肉圓，和我喝的似乎不是一個東西。比《金瓶梅》更早的《水滸傳》裡，亦有「那李小二從人叢裡撇了雷橫，自出外面趕碗頭腦去了」。

是否山東「頭腦」和山西做法迥異？抑或明朝「頭腦」已經失傳？這些已經不可考證。這碗沒頭腦的頭腦湯，我實在沒有勇氣再喝第二碗了。

四四　西門慶家，冬至可不吃餃子！

自從來到了北京，我就發現——我的生活已經被餃子包圍了！

不是嗎？無論是除夕、初一、破五、小年、冬至、立冬、立秋、秋至、伏天兒……要不是粽子和月餅這兩樣偉大的吃食搶佔了端午和中秋，要不然，真沒準，全年所有節日都要吃餃子。

尤其是在冬至。

去年冬至的情形，依舊歷歷在目。

買菜的時候，再次發現，今天又到了「餃子日」。

菜市場就那麼大，十分鐘就能逛完，這期間我和N個攤主進行了交談：

「要不要買幾個西紅柿？包餃子好吃。」

西門慶升官後，親友前來道賀

「冬至啊，不吃餃子吃什麼？來點兒大白菜唄！」

「黃瓜，洞子貨*，拿來包餃子，最甜！」

「買肉嗎？我這兒有現成的餃子餡兒，手工剁的，可不是機器搖的！」

……

我不想吃餃子，行不行？

不行。

回到小區，忽然看見物業開展了冬至包餃子活動，大媽們手持擀麵杖指點江山，毫不顧忌旁邊拿麵粉打雪仗的小朋友們。儘管我已經小心翼翼地繞行，還是被端著餃子的大媽們圍攻了：「回來啦，來來來，吃個餃子！」

盛情難卻。我吃了一個，三鮮餡兒的，屬於安全的接受範圍，在某種意義上，我居然覺得有點好吃。在我猶豫是不是要再吃一個的當口，另一個大媽及時出現了：「來來來，原湯化原食，喝碗餃子湯。」

為什麼吃餃子要喝餃子湯？那碗渾濁的湯裡，只漂著個別破了的餃子留下的木耳雞蛋，偶爾還會閃著點油花，到底為什麼要喝？按照這個邏輯，那吃油條要喝油嗎？吃奶要吃媽媽？

是從什麼時候開始，冬至就要吃餃子？

心累，有那麼一兩秒時間，想要穿越去西門慶家玩耍，至少，西門慶家的冬至是不吃餃子的。

《金瓶梅》成書的明代，人們到了冬至，都做什麼呢？

第一件大事是：發皇曆。

所謂皇曆，就是古代的日曆。那時候，皇曆可不是隨便可以發的。到了冬至，由欽天監向皇上進呈編定的下一年的曆書，皇上看一下，表示：「好的，同意。」然後轉發給大臣，此後民間便可以公開發賣，這就是後來所謂的「皇曆」。新曆書上市，是北京乃至全國的大事，每個人都互相饋贈，算是新年禮物。能夠收到新曆書的，第一批是皇親國戚，所謂VVIP（極重要的人）；第二批是大小官員，所謂VIP（非常重要的人）；第三批才輪到西門慶這樣的縣市級KOL（關

＊ 洞子貨，指冬天在暖房培植的花草或蔬菜。

鍵意見領袖）。所以，《金瓶梅》裡，到十一月底，便有胡知府和宋巡按，各給西門慶送了一百本曆書。到臘月初一，本縣縣衙又送來二百五十本。知府和巡按的官都比西門慶要大，卻要巴結西門慶，這是因為西門慶乃是本地著名土豪，並且結交了內府公公，當然不能怠慢。

除了發曆書，京師裡對於冬至食物也有規定，一句民俗可以概括：「冬至餛飩夏至麵」。注意，不是餃子，是餛飩！

對於冬至為什麼吃餛飩的說法，有很多種解釋，比較靠譜的一種是，冬至之日，京師各大道觀有盛大法會。道士奉經、上表，慶賀元始天尊誕辰。道教認為，元始天尊象徵混沌未分，道氣未顯的第一大世紀。故民間有吃餛飩的習俗。《燕京歲時記》裡便有記載云：「夫餛飩之形有如雞卵，頗似天地混沌之象，故於冬至日食之。」

這種習俗並不單只有北方有，南宋時，當時臨安（今杭州）也有每逢冬至這一天吃餛飩的風俗。宋朝人周密的解釋是，臨安人在冬至這天吃餛飩，是為了祭祀祖先。可以肯定的是，西門慶家到了冬至，吃的便是餛飩。他還特意吩咐春梅，「把肉鮓拆上幾絲雞肉，加上酸筍韭菜，和成一大碗香噴噴餛飩湯來」。這碗餛飩顯然是北方做法，口味是重的，我今秋在南京時，曾經吃了一碗類似的餛飩，攤主說，這是馬鞍山風味，湯底鹹得可以配飯。

書中的最後一個冬至節，對於西門慶來說是至關重要的。十一月十日，朝廷下發了正式的官員升遷文件照會，並要求各省刑事監察官員在冬至前到朝廷謝恩。這一次，西門慶得到了夢寐以求的職位——從副提刑升到了正提刑，他收到文件，趕緊和夏局長收拾行裝，帶了下人行李往汴梁而去。在東京汴梁時，西門慶喝了內府才有的特製藥酒，也參加了盛大的宴會，只是到了夜裡，他居然做夢，夢見李瓶兒站在窗外，穿著素白長衫和淡黃色軟緞鞋，他衝上去抱住瓶兒痛哭，然而，夢醒，只有窗外月光，和窗台上搖曳的花影。

次日早晨，西門慶又吃了肉圓子餛飩雞蛋頭腦湯，他當然不會想到，這是他這輩子吃的最後一碗餛飩湯。

四五　夜晚是屬於餛飩的

有月亮的夜裡，我總會想起那個柴爿餛飩攤的小販。

他和所有賣柴爿餛飩的小販沒什麼不同。因為在夜裡，幾乎看不見他的面容，然而遠遠的，就看到那根扁擔，一頭是個小櫃子。那神奇的小櫃子裡，有一個個神秘的小抽屜，這個抽屜打開，裡面是皮子和餡兒，那個抽屜打開，淡黃色的蝦皮在月光下泛著光，深色的是紫菜，綠色的是蔥花……扁擔另一頭，是爐子和鍋。

我每次見他，他已經在路邊忙活著。他是什麼時候來的？怎麼來的？我一無所知。那扁擔上的物事看起來沉重，光是那爐子，似乎就有好多斤。他像極了無門無派的武林高手，似乎是從天而降的，在那個時辰，出現在那裡。我下了夜自習，推過自行車，在橋上，遠遠望著路燈下氤氳霧氣的餛飩攤，散了架的人忽然渾身一顫，一下子有了生氣。

「柴爿」這個詞，大概是從蘇州話裡來的，蘇州人說「薄片」為「爿」，柴爿就是薄的木片。我一直沒搞清楚，所謂「柴爿」，是指餛飩小，像薄木片，還是指煮餛飩用的是柴爿呢？等到了南京才知道，大約是後者，因為南京人叫這種餛飩為「柴火餛飩」。

我母親不大贊同我吃柴爿餛飩，她覺得太髒，而且「肉那麼一點，無啥吃頭」。這是實話，那點餡，用上海話說是「刮」上去的，或者是「拓」上去的——用小竹爿刮點點餡，往皮子上一抹。可是吃進嘴裡，卻是鮮味十足，是畫龍點睛的那種。家常包的薺菜餛飩，雖然餡多，吃得過癮，論及鮮味，卻是比不上柴爿餛飩的。

我說不出門道，但我始終認為，柴爿餛飩的鮮美度遠遠高於其他餛飩。

西門慶大概不會認可我的觀點。

《金瓶梅》裡的餛飩出現頻率不過四、五次，次次都比我最愛的柴爿餛飩高級，無論是把餛飩和雛雞燉在一起的「餛飩雞兒」，還是第四十五回裡出現的「黃芽菜並川的餛飩雞蛋湯」，還有早飯吃的「肉圓子餛飩雞蛋頭腦湯」，餛飩變成了湯菜，有

「鳥槍換炮」的豪華感。

印象最深刻的餛飩，在第七十六回。這一回裡，潘金蓮與吳月娘吵架，為的是春梅嘴利，罵了吳月娘的客人。看小潘潘吵架，甚是爽利：「丫頭便是我慣了他，是我浪了圖漢子喜歡。」《金瓶梅》的女性裡，我最討厭吳月娘，雪夜祈禱這樣的矯揉造作，實在愛不起來。明明惦記李瓶兒留下的東西，因為潘金蓮直接和西門慶要了一件皮襖，就藉機罵潘金蓮：「穿在身上，掛口兒也不來後邊題一聲兒。」罵不過潘金蓮，只好拿出正妻的撒手鐧。

西門慶雖然明面裡給吳月娘面子，口口聲聲「把那小淫婦兒只當臭屎一般丟著他去便罷了」，到了夜裡，想的還是潘金蓮：「罷麼，我的兒，我連日心中有事，你兩家各省一句兒就罷了。你教我說誰的是？昨日要來看你，他說我來與你賠不是，不放我來。我往李嬌兒房裡睡了一夜。雖然我和人睡，一片心只想著你。」

好容易哄得佳人破涕為笑，肚子也餓了，這時候，一碗餛飩最為妥貼稱心。西門慶的夜宵點單是：「把肉鮓拆上幾絲雞肉，加上酸筍韭菜，和成一大碗香噴噴餛飩湯來。」

這碗餛飩內容豐富，有酸筍韭菜，又有肉鮓雞絲，想來是酸辣濃郁，實在不合我的口味，西門慶、潘金蓮和春梅三人，卻在這破鏡重圓的夜裡，推杯換盞。

我還是更喜歡柴爿餛飩。在母親眼裡，那個小販是個十足的壞人，她甚至認為，我如此迷戀那家柴爿餛飩，是因為小販在湯裡做了手腳：「大概用罌粟殼煮了湯。」對於這個說法，在很長一段時間裡，我深信不疑，因為湯實在太鮮了。南京人說「吃餛飩」為「喝餛飩」，大概也是指那碗餛飩湯的重要性。柴爿餛飩的湯，大概是用豬骨頭熬製的，鮮美無比，香味飄蕩在空氣中，連空氣都凝結起來。臨上桌時，他總問一句：「阿要辣油？」

這一句暴露了他的籍貫，我從此深信不疑，他大概是南京人，或者來自南京附近的鄉下。也許是生意失敗，也許是世道變遷，拋棄妻子，來到異鄉；我更願意幻想他是路見不平的大俠，餛飩攤不過是他的掩護，賣完餛飩，他就會在黑夜中替天行道，扁擔是他的武器，那些辣油，也許就是他的暗器毒藥。

那時候，辣油對我來說，確實具有很大殺傷力。我只吃過一次，然後就咳嗽了一天，涕淚交流，咽喉痛得說不出話來。自此之後，我都只好無奈地看著周圍大人豪爽地回應「要多」，然後搖搖頭。

很多年之後，我終於可以毫無顧忌地往餛飩湯裡加辣油，我也終於可以揭發我媽的猜測是錯誤的——按照當時的餛飩價格，用罌粟殼煮湯實在太奢侈了。但我再也沒找到那個小販，再也沒能找到那麼好吃的柴爿餛飩。在有月亮的夜裡，我走在路上，都會想起那個始終沒有看清楚面目的小販，想起張愛玲說過的話：「古代的夜裡有更鼓，現在有賣餛飩的梆子，千年來無數人的夢的拍板：『托，托，托，托』——可愛又可哀的年月呵！」

如果再遇到他，我都想好了，一定要說一句：「來碗餛飩，要辣油！」

四六 打點醬油好下飯

我至今吃不慣麵條，一頓兩頓可以，過不了幾天，必須要吃一碗米飯。

所以，下飯菜實在重要。

古人深諳飲食之道，一頓酒宴裡，下酒的叫酒餚，等酒吃足了，撤下去，再上來配飯的小菜，謂之「下飯」，或「噶飯」。一九九〇年，七十歲的張愛玲曾經在台灣《聯合報》上回憶：「蘇北、安徽至今還保留了『下飯』這形容詞，說某菜『不下飯』，是指有些菜太淡，佐餐吃不了多少飯。」菜要下飯，一要燉爛，二要口味稍重。

網上一度爭論，說窮人口味重，富庶地區追求食物本味，吃得清淡。以口味論出身，其實不大科學，至少在明朝，並不如此。明朝萬曆年間謝肇淛*就曾說：「今

西門慶

五穀豐登普天同慶

發達后的西門慶集官商身份於一成為豪門土霸姜姜摸摸元宵觀燈依此足示他的權勢和地位

但教恕而來敢言的被魚肉的小戾百姓恍似花燈明鏡之影對西門慶之流的貪婪和暴戾所的淺薄

西門慶家的餐桌

大官進御飲食之屬，皆無珍錯殊味，不過魚肉牲牢，以燔炙濃厚為勝耳。」翻譯成白話，就是「今天皇帝所吃的東西沒有什麼山珍海味，不過是魚肉豬牛，多加調味品罷了」。這不是孤證，《明宮史》裡說：「凡宮眷、內臣所用，皆炙煿煎煠厚味」，「而香油、甜醬、豆豉、醬油、醋，一應雜料，俱不惜重價自外置辦入也」。這說明，誰也沒有明朝皇帝的口味重。

西門慶家的菜餚，亦分案酒、下飯，請客的下飯菜不過整雞整鴨，倒是日常吃的，有很多意思。第四十五回裡，「畫童兒用罩漆方盒兒拿了四碟小菜兒，都是裡外花靠小碟兒精緻：一碟美甘甘十香瓜茄，一碟甜孜孜五方豆豉，一碟香噴噴的橘醬，一碟紅馥馥的糟筍；四大碗下飯：一碗大燎羊頭，一碗滷燉的炙鴨，一碗黃芽菜並𤆵的餛飩雞蛋湯，一碗山藥膾的紅肉圓子。」我對黃芽菜雞蛋湯倒沒什麼想法，不過這裡的鴨子用滷汁燉，配上白飯，肯定能吃三大碗。

下飯菜誘人，須得配好米飯。我小時候吃的都是秈稻江南米，黏性差，盛在碗

* 謝肇淛（1567-1624），福建長樂人。字在杭，號武林、小草齋主人，晚號山水勞人。明朝進士。

裡，一粒一粒散著，口感很一般。我媽從不允許我剩飯，說剩下多少米粒，臉上就長多少麻子。於是吃到最後，總要盛湯泡飯，才能把一粒粒米飯吃淨。後來大了，第一次吃到粳稻加工而成的東北大米，在碗裡現出光潔，吃在嘴裡，有大米獨有的清甜，那一瞬間，忽然感受到米飯的魅力。西門慶家的米都是粳米，有第六十八回〈鄭月兒賣俏透密意，玳安殷勤尋文嫂〉為證：

「不一時，放了桌，就是春盛案酒，一色十六碗，多是燉爛下飯、雞蹄、鵝鴨、鮮魚、羊頭、肚肺、血臟、鮓湯之類。純白上新軟稻粳飯，用銀廂甌兒盛著，裡面沙糖、榛松、瓜仁拌著飯。又小金鍾暖斟來釀，下人俱有攢盤點心酒肉。」

用糖和松子瓜仁拌飯，這種吃法我從沒嘗試過，看了書，就依葫蘆畫瓢試了一試，不過精緻小巧些而已。比起這種新奇吃法，我更喜歡挖一勺豬油，倒在熱騰騰的米飯上，澆兩勺醬油湯，那是我家每月月底的固定晚餐。飯桌上，爸爸總是有點愧疚：「過兩日，爸爸發了工資，給你買蹄膀吃。」

但他們不知道，我最愛的，就是這豬油醬油撈飯。

四七 兩個臘八節

我小時候很害怕過臘八節。

這源於母親講的臘八節傳說——沒當皇帝的朱元璋家裡窮，到了臘八這一日，從老鼠洞裡掏出老鼠的口糧煮了一碗粥過活，從此民間才有了臘八粥。

這故事太可怕了，老鼠咬過的豆子，難道還能煮粥嗎？難道吃了不會拉肚子嗎？作為看《邋遢大王》長大的我，實在不能接受這樣的設定。於是，每次到了臘八節，晚上端上來臘八粥，我都害怕得一口也喝不下，只好推說不餓，最後餓著肚子上床睡覺。

這故事當然不靠譜，因為北宋時期，佛寺就會在這一天熬煮臘八粥的雛形「七寶五味粥」，民間則會「以果子雜料煮粥而食」，所以，臘八粥絕對不可能是朱元璋和老鼠的共同傑作，而更可能是佛教產物。一直到今天，有心人還會在臘八這一日大早去寺廟排隊，領一份臘八粥，為的是得到佛祖的保佑，就像陸游詩裡寫的那樣：「今朝佛粥更相饋，反覺江村節物新。」有一年，心心念念起了個大早，去雍和宮排隊等臘八粥。只記得天還沒大亮，一出地鐵口，只看見烏泱泱的人。臘八時節，實在太冷，每個人都紅著鼻子，臉上帶著笑。已經不記得排了多久，終於分到一小杯，差點被人群擠潑。味道其實一般，但不知道怎麼的，所有人喝一口，都大聲喊「甜」，大概是說給路人聽的。我再也沒有去排過隊，但永遠記得那次領到臘八粥的瞬間，手心感受到的暖意。

《金瓶梅》裡，寫了兩次臘八節。第一次在第二十二回〈蕙蓮兒偷期蒙愛，春梅姐正色閒邪〉，另一次是第七十七回〈西門慶踏雪訪愛月，賁四嫂帶水戰情郎〉。雖然沒有出現「臘八粥」三個字，卻可以一瞥西門慶家對待臘八節的態度，絕不是敷衍了事。

第一個臘八節，西門慶在這一天大早要出門，為的是出殯送葬，《金瓶梅》裡，幾乎每一個節日都有死亡陰影籠罩。送葬的主人是大街坊尚推官家，送葬時的西門慶絕對不會想到，自己和這位尚推官的緣分並沒有結束，當他的愛妾李瓶兒去世時，他還將再次想起這位尚推官，並且為李瓶兒買下尚推官留下的桃花洞棺材板（尚柳塘在四川當推官時，買了兩副桃花洞板，一副自己用了，另一副則以三百七十兩銀子賣給了西門慶）。

雖然要出門，臘八粥不可不吃。西門慶為了款待應伯爵，讓「小廝放桌兒，拿粥來吃」。說是拿粥，上來的卻是「四個鹹食，十樣小菜兒，四碗燉爛：一碗蹄子，一碗鴿子雛兒，一碗春不老蒸乳餅，一碗餛飩雞兒」。這大約算是前菜，之後才來了「銀廂甌兒」盛著的「粳米投著各樣榛松栗子、果仁、梅桂、白糖粥兒」。

粳米是中國大米的一個大類，米粒一般呈橢圓形。根據粳米的收穫季節，分為早粳米和晚粳米兩種。因為粳米的油性較大，古人相信粳米煮粥可以養生，「平胃氣，長肌肉」（《千金方》說法）。這裡雖然沒有明說是「臘八粥」，但以粳米為底料，夾雜著各類果品，顯然是臘八粥的做法。有趣的是，古人對於臘八粥裡究竟放什麼，一直沒有一個明確的說法，祖國山河，大地萬象，一萬個家庭大概就有著一萬種臘八粥配方。南宋人周密在《武林舊事》說的「用胡桃、松子、乳蕈、柿栗之類做粥，謂之『臘八粥』」。這不過是其中一支；明代宮中的做法，則要把紅棗搗爛，泡在水裡，以棗湯煮粥，取棗子的香甜而不見棗子；到了清代，更有先把果子雕刻成各種人物花鳥再用，《北京歲時記》裡寫的「果獅」——用剔去棗核的棗乾作為獅身，半個核桃仁作為獅頭，桃仁作為獅腳，甜杏仁用來作獅子尾巴——便是這類豪華版臘八粥的配置。

西門慶家的臘八早飯，雖然沒有果獅，卻有鹹有甜，看著十分誘人，吃完，西門慶還拿小銀鍾篩金華酒，吃了三杯，這才出門去送葬。

第一次臘八節，西門慶嬌妻美妾，車馬輕裘，春風得意，到第二個臘八節，則已有了衰敗之態。雖然依舊忙碌著拜客——這一次是何千戶搬家，西門慶送了四盒細茶食和五錢折帕賀儀。這一天，陪伴他的小夥伴依舊是「驀地走來」的應伯爵，西門慶留他在書房裡一邊烤火，一邊「叫小廝拿菜兒，留他吃粥」。這時候，他心愛的李瓶兒已經故去，而離他自己的死期，也同樣只剩下一個月零七天。

四八 吳月娘的風雅團茶

二十世紀七〇年代，深居簡出的張愛玲接待了夜訪的水晶。這次會談，被認為是張愛玲晚年唯一一次與文學愛好者的會面。水晶自詡為張愛玲鐵桿粉絲，卻並不真正懂得張愛玲的審美趣味——比如對於《金瓶梅》，水晶便「總覺得面對著一個紙糊的世界，樣式看來假得很」。張愛玲聽了非常詫異，她覺得，如果一個人懂得欣賞《紅樓夢》，那不太可能走不進《金瓶梅》的世界。

讀到李瓶兒臨終就會大哭一場的張愛玲，對於西門慶的正妻吳月娘沒有更多的評價，只是說她的那種對於潘金蓮等小妾們的「曖昧性」更接近人性。《金瓶梅》一部書，從書名看，寫的乃是三位女子：潘金蓮、李瓶兒和龐春梅。從這個角度看，身為西門慶正妻的吳月娘，要是論起書中主角番位，大概要排到龐春梅之後了。

吳月娘

吳月娘是西門慶的填房，這位千戶的女兒看上去溫柔賢慧，骨子裡卻充滿算計。作為主母，為了一件皮襖，不惜和小妾潘金蓮吵架：「一個皮襖兒，你悄悄就問漢子討了，穿在身上，掛口兒也不來後邊題一聲！」生著孩子，想起體己箱子裡的金銀珠寶，咒罵開了箱子的丫鬟。西門慶去世之前，吳月娘與他閒聊做夢，夢見潘金蓮奪了李瓶兒的袍子，在夢裡嚷：「他的皮襖你要的去穿了罷了，這件袍兒你又奪。」

所以，當喜歡用大紅襖配嬌綠緞裙的吳月娘，會在第二十一回，「教小玉拿著茶罐，親自掃雪，烹江南鳳團雀舌芽茶」時，我也忍不住驚訝，這樣的舉動，在《紅樓夢》裡是妙玉的專屬，月娘烹茶，實在想像不出。

何況烹的是「江南鳳團雀舌芽茶」。

雖然名為「江南」，其實真正產地為福建建安縣的鳳凰山北苑，這種茶在北宋時期，是一種專貢朝廷的名茶，《宣和北苑貢茶錄．序》云：「太平興國初，特置龍鳳模，遣使即北苑造團茶，以別庶飲，龍鳳茶蓋始於此。……凡茶芽數品，最上曰小芽，如雀舌鷹爪，以其勁直纖銳，故號芽茶。」

值得注意的是，這裡的團茶，並不是我們想像中的茶磚。北宋時期的茶葉，仍然保留唐風，只不過漸漸發展成了散茶和團茶兩種。所謂散茶，就是一片一片的茶葉；但團茶，則是由茶葉研磨成的茶粉製成——這和泡開仍是茶葉的茶磚是有本質區別的。

宋朝的團茶裡，除了茶葉粉，還有其他「添加劑」。例如宋仁宗常喝的「檀團」，就是用茶葉、甘草、麝香、檀香、冰片和人參混合加工而成，其實算是一杯人參甘草冰片茶；北宋大臣韓琦退休之後發展「夕陽紅工業」，自己做韓氏團茶，除了添加麝香、冰片、甘草之外，還要加小半斤大米，這樣做成的團茶，大約是有米香的。

風雅之雪，名貴之茶，吳月娘用白玉壺烹煮，實在是一大美景。然而《金瓶梅》第一彈幕*評論家張竹坡卻在這段旁邊批注：「是市井人吃茶。」這是怎麼回事呢？原來，吳月娘煮茶，「白玉壺中翻碧浪」，乃是急火大煮，茶在壺中大滾，才能有「翻碧浪」之態，而當時的文人，最不推崇的，便是這種煮法。在他們的心中，最風雅的烹茶之法，是用「焰炭火」，看茶滾起，就用「冷水點住」；凡此三次，才算「色味皆佳」。所以，儘管西門慶家所用茶是皇帝才能吃的貢茶——這種龍鳳團茶當時每餅雖然才五錢重，卻價值黃金二兩，時人都感嘆：「金可得而茶不可得。」卻被吳月娘以這樣的手法烹煮，實在有點可惜，不過，回頭一想，這才是那個穿大紅襖配綠裙子的吳月娘嘛！

＊彈幕，是軍事用語，原意指軍事遊戲中子彈過於密集以至於像一張幕布一樣，引申為大量吐槽評論從螢幕飄過時，效果像是飛行射擊遊戲中的彈幕。

四九　這燒鴨不是那燒鴨

人的偏見，有時真可怕。《金瓶梅》裡，大家總以為小潘潘只會偷漢子，其實人家會裁衣裳、善彈琵琶，還能包餃子；看上去李瓶兒最賢慧老實，可是人家善於創作各種激情詞彙：「親達達」是她，「你便是醫奴的藥」也是她；人說西門慶是無情浪子，李瓶兒死後，居然日日落淚，生無可戀。

而我，總以為《金瓶梅》裡有好多鴨子做的菜餚（奇怪的自以為是）。結果我仔細看了半夜，字裡行間地找「鴨」，滿本都寫著兩個字：

燒鴨！

這也太開玩笑了吧！你們西門家不是連吃個螃蟹都換三四種花樣的嗎？一根柴禾就能燒豬頭的嗎？點盞茶都是「芝麻鹽筍栗絲瓜仁核桃仁夾春不老海青拿天鵝木

樨玫瑰潑滷六安雀舌芽茶」啊，怎麼到了鴨子，就如此簡陋？

此事蹊蹺。

是明朝人不吃鴨子嗎？應該不是。早在南北朝時期，根據《南史》記載：「陳武帝與齊軍相拒，文帝送米二千石，鴨一千頭，炊米煮鴨，誓軍攻之，齊軍大潰。」這足以說明，在那時候中國人民已經懂得欣賞鴨肉的美味了。到了明朝，老百姓不僅解決了人工孵養鴨蛋的問題，甚至發明了「養鴨治蝗」的辦法。明代陳經綸在他的《治蝗筆記》中詳細地記載了自己發明養鴨治蝗的經過，並成功推廣，成為江南地區治蝗的重要辦法之一。毫不誇張地說，明朝人是鴨子的知己。

事實上，《金瓶梅》（崇禎本）裡，鴨子出現的頻率也不算少。前前後後，一共出現了三十一次和鴨肉相關的菜餚：西門慶結拜兄弟叫小廝去買鴨，王婆請潘金蓮吃飯也上了鴨子，韓道國送禮有鴨子，吳月娘到喬大戶家裡去吃飯，正式筵席上，第三道上的也是鴨子……不過，除了一次是「臘鴨」，一次是「糟鴨」外，其他都是「燒鴨」。

何謂「燒」？作為一個烹調術語，「燒」是指將前期熟處理的原料經炸煎或水煮後加入適量的湯汁和調料，先用大火燒開，再改小中火慢慢加熱至將要成熟時定色的烹調方法。燒的世界極其龐大，從色澤劃分，可分為紅燒和白燒；按照調味料劃分，則有蔥燒和醬燒；以原料劃分，還可分為生燒和熟燒。

搞清楚了「燒」，讓我們回頭再看《金瓶梅》裡的燒鴨，這下我們才發現，同樣是燒鴨，花樣其實是繁複的。第四十一回，吳月娘在喬大戶家裡吃的燒鴨，是一道大菜。在燒鴨之前，上的是整隻的「水晶鵝」和燉爛的豬蹄，這裡的燒鴨應該也是整隻。實際上，這更類似於今天的「扒鴨」，即把整鴨入油鍋炸，再調味燒煮而成。第四十九回，西門慶請胡僧吃飯所用的「燒糟鴨」，應該是用糟滷燒製的，類似《紅樓夢》裡的「糟鵪信」。新上任的清河右衛指揮雲理守送給西門慶的禮單裡，「貂鼠十個，海魚一尾，蝦米一包，臘鵝四隻，臘鴨十隻」，這裡的臘鴨，是先通過臘風然後再燒製的。燒鴨達人潘金蓮曾經說西門慶「臘鴨子煮到鍋裡——身子兒爛了，嘴頭兒還硬」，完美詮釋了臘鴨的燒煮過程。

除了以上不同調料、不同工序燒煮的鴨子，《金瓶梅》中好幾次出現的「燒鴨」，其實是烤鴨。比如常二嫂親手做的爐燒鴨，潘金蓮讓小廝買來下飯的燒鴨，李瓶兒陪西門慶吃酒的一碟燒鴨，應該都是用掛爐烤製的烤鴨。中國民間，常有把「烤」說成「燒」的，《隨園食單》中，袁枚在「燒鴨」條目裡寫的烹飪方法是「用雛鴨上叉燒之」，這明顯是烤鴨的做法了。

烤鴨始於南宋，《夢粱錄》裡曾經記載的杭州沿街叫賣的「炙鴨」，便是最早的烤鴨。在南京流傳的民間傳說中，烤鴨創始於南京王府膳房，朱元璋是烤鴨界的祖師爺。永樂十九年，明成祖朱棣遷都北京，烤鴨技術也隨之帶到了北京。

但吃鴨重地，仍在南京。明正德年間的《江寧縣誌》中記載了當時民間形容南京特色的民謠：「古書院、琉璃塔、玄色緞子、鹹板鴨」。關於板鴨，清代陳作霖*《金陵物產風土誌》記載：「淡而旨，肥而不濃，至冬則鹽漬日久，呼為板鴨。」相比之下，倒是袁枚的《隨園食單》不大靠譜，鴨子本來多油，袁枚的鴨肉烹飪裡，都要加大量的秋油*和豬油，可見多半道聽途說而來。

* 陳作霖（1837-1920），字雨生，號伯雨，晚號可園。近代南京著名史誌學家，一生致力於搜集地方文獻，編輯史誌資料。
* 秋油，歷經三伏天曬醬，立秋時提取的第一批醬油。

值得一提的是，《金瓶梅》裡，「案酒」和「嘎飯」有區分。「案酒」指的是下酒菜，「嘎飯」則是下飯菜。鴨子在《金瓶梅》中，宜飯宜酒，李瓶兒陪著西門慶吃酒用了一碟燒鴨，西門慶自己吃飯時也喜歡「一甌兒濾蒸的燒鴨」。潘金蓮喝金華酒時，想到的第一配菜不是螃蟹，而是燒鴨腿，這若是被數百年後的曹雪芹看見，必定要擊節稱是，因為他曾經說過：

「有人欲讀我書不難，日以南酒燒鴨餉我，我即為之作書。」

五十　大胃王朋友

坦率說，西門慶雖然在女人方面很貪心，在飲食上卻頗為節制。

這多半是因為他不缺美食。

從飯量上看，西門慶肯定算是《金瓶梅》的直男群體裡，吃得最少的一個。他手下的幫閒應伯爵、謝希大等人，一到西門慶家裡，就火力全開，彷彿餓了兩三天，等的就是這一頓。

吃打滷麵，「噔噔噔」下去十幾碗。吃螃蟹季節，一進門就要「後邊對你大娘房裡說，怎的不拿出螃蟹來與應二爹吃？你去說我要螃蟹吃哩」。夏天吃時令鮮果烏菱、荸薺、枇杷，「連碟子都撾過去，倒的袖了」……

吃得最多的一頓，大約是第四十二回的元宵節：

西門慶
　十兄弟

原本流行黑地面的流氓和暴徒乡官府流灌一气
的十兄弟自光大的一股黑暴势力贼为地方官府流瀍一气
附雷朝权宜上串通合疑成起一支左右坐济政治的
新生力量 甲申年冬 戴敦邦伍金瑞搞之初玄稅上

西門慶十兄弟

「那應伯爵、謝希大、祝實念、韓道國，每人吃一大深碗八寶攢湯，三個大包子，還零四個桃花燒賣，只留了一個包兒壓碟兒。」

這實在太妙，「留了一個包兒壓碟」，是中國的民俗。左右來收拾時，表示「我們非饞癆」。到主人家做客，不能吃得光盤光碟，要有剩餘，這是對主人盛情款待的認可，也是一種謙讓。小時候被父母帶去親戚家做客，也會早早囑咐我，不准把盤子吃空，最後一筷子永遠不要夾。

這個道理連應伯爵也懂，今天的人們，已經把「留了一個包子壓碟兒」當成了鋪張浪費。

西門慶深知這些幫閒的胃口，所以用了大深碗。這種碗江南少見，我在河南見過一次，吃胡辣湯*，拿一個藍瓷大深碗，吃的時候需要把頭埋進去，喝了半日，也見不到底。

但吸引我的，是那碗八寶攢湯。「攢」是一種烹飪名詞，始於明代，分「攢

＊胡辣湯，又名糊辣湯，是中國北方常見的早餐湯，微辣、營養豐富，十分適合搭配其他早點進食。

油」、「攢酒」兩種。「攢油」是將燒沸的熱油潑灑在蒸熟的食物上；「攢酒」是將紹酒灑到正在烹煮的食物上，令食物更有「鑊氣」。

而八寶攢湯的意思就是將煨好的高湯，沖入盛有八種食材的碗中。明萬曆年間太監劉若愚在《酌中志》記載了大量的皇帝御用菜餚，其中就有許多與《金瓶梅》相同的菜名，「八寶攢湯」赫然其中，排在它前面的是米爛湯，後面的是羊肉豬肉包。這種湯食從明朝一直流行到清代，《儒林外史》裡顯然模仿了《金瓶梅》的寫法：「一盤豬肉心的燒麥，一盤鵝油白糖蒸的餃兒，熱烘烘擺在面前；又是一大神碗索粉八寶攢湯！」乾隆下江南時，大臣高恆曾經多次向皇上投餵食物，達二十多次，在燕窩肥雞、蓮子鴨之間的，還有「雞絲攢湯」和「燕窩攢湯」兩款「攢湯」，可見其流行。

有一種觀點認為，「八寶攢湯」其實就是山西的「頭腦湯」，這是因為「頭腦湯」又叫「八珍湯」：黃芪、煨麵、蓮藕、山藥、黃酒、酒糟、羊尾油、醃韭菜，最後由滾燙的羊湯沖製而成。從方法上來看，「八珍湯」確實和「八寶攢湯」相似，但值得注意的是，《金瓶梅》裡同時也有「頭腦湯」的記載。如果兩者相同，作者何必一處寫「攢湯」，一處寫「頭腦」，豈不是多餘？

所以，我仍舊傾向於認為，「八寶攢湯」是攢湯的一種，內有八種食材，但並不等同於糊狀的頭腦湯，而更像是一種清湯。

不說了，我煮一碗青菜隔夜飯攢湯去也，俗稱菜泡飯。

五一　美人倚簾嗑瓜子

我在家裡坐著看美人兒圖，這是我的一點兒私人愛好。

美人須有動作，呆坐著的美人兒最無趣，就像《紅樓夢》裡的迎春，曹雪芹雖然說她「面目可親」，可想了半天，實在想不起來有關她的細節，怪不得要被叫作「二木頭」。

給美人找點事情做，是一件講究的事兒。

你們最喜愛的清宮第一小清新四爺說，夏天，美人應該撲蝶，或者坐在桐蔭下喝茶，還可以對著荷花縫衣服。

問我的答案？

美人還是歪著嗑瓜子最開心。

一嗑瓜子，最冷若冰霜的美人兒也有了一瞬間的日常感，不再高高在上，顯得生動而活潑，就像徐志摩當年寫的那個小調：

> 瓜子嗑了三十個，紅紙包好藏在錦盒，叫丫鬟送與我那情哥哥。對他說：個個都是奴家親口嗑，紅的是胭脂，濕的是吐沫，都吃了，管保他的相思病兒全好卻，管保他的相思病兒全好卻。

嗑瓜子是中國婦女千百年來歷久彌新的一項傳統活動，而且無分老幼，不論讀過書的，沒讀過書的。哪怕再不熟悉，之前有著怎樣的愛恨情仇，只要放一盒瓜子，女人間的友誼，就在此起彼伏的「噗」聲中開場了。東家長西家短，隔壁的小媳婦兒為什麼和別人跑了，樓下的偷車賊是怎麼給抓住的，要八卦，要探索人類生活的真諦，沒有瓜子，簡直不行。

中年婦女如此，小姐太太們也不例外。不嗑瓜子，我們黛玉就沒有那股小俏皮，我最愛她「嗑著瓜子兒，只管抿著嘴兒笑」。

《金瓶梅》裡，最愛嗑瓜子的絕對是潘金蓮。一出場時「只在簾子下嗑瓜子兒」，引著那些狂浪子弟在她面前「彈胡博詞」。嫁給西門慶之後的第一個元宵節，那時李瓶兒還未進府，潘金蓮最為受寵：

那潘金蓮一徑把白綾襖袖子摟著，顯他遍地金掏袖兒，露出那十指春蔥來，帶著六個金馬鐙戒指兒。探著半截身子，口中嗑瓜子兒，把嗑了的瓜子皮兒，都吐下來，落在人身上，和玉樓兩個嘻笑不止。一回指道：「大姐姐，你來看那家房檐底下，掛了兩盞玉繡球燈，一來一往，滾上滾下，且是到好看！」一回又道：「二姐姐，你來看這對門架子上，挑著一盞大魚燈，下面又有許多小魚鱉蝦蟹兒跟著他，倒好耍子！」一回又叫孟玉樓：「三姐姐，你看這首裡，這個婆兒燈，那老兒燈！」

這哪裡是剛剛害死了親夫的淫婦，直是一個天真爛漫的佳人！那時的她，何曾想到，之後再沒有這樣「雲霞漫紙」的得意，只有等待西門慶歸來時，除了雪夜彈奏琵琶，還有手裡的那把瓜子，美人倚簾嗑瓜子，臉上心中都是寂寞，真真我見猶憐。後來李瓶兒生了兒子，仇恨盈胸的潘金蓮「用手扶著庭柱兒，一隻腳跐著門檻兒，口裡嗑著瓜子兒」。

小小一顆瓜子，從青春年少怒馬鮮衣，嗑到溫柔鄉裡優越爛漫，再到最後的無助絕望。

瓜子是心情，瓜子也是禮物。

《金瓶梅》裡，拿瓜子作為禮物的人不少，李瓶兒送玳安的二兩銀子，是讓他「節間買瓜子兒嗑」，賁四媳婦與西門慶偷情，怕被大娘知道，玳安支的招，是讓她送瓜子給大娘，再另送一盒給潘金蓮。我們小潘潘雖然愛嗑瓜子，但禮物背後的用意，如何猜度不出，所以一頓嘲諷，那瓜子的下落，也不得而知。

西門慶失了李瓶兒，在家中傷心，妓女鄭愛月託人送來三樣東西，一盒果餡頂皮酥，一盒酥油泡螺，還有一樣是悄悄給的——一方回紋錦同心方勝桃紅綾汗巾，裡面裹著一包親口嗑的瓜仁兒。鄭愛月心心念念的是「那瓜仁都是我口裡一個個兒

那瓜仁都是我口裡一個個兒嗑的

嗑的，汗巾兒是我閒著用工夫撮的穗子」，西門慶的心卻只在那盒酥油泡螺，因為這是李瓶兒的拿手點心，結果那瓜仁被應伯爵吃了，一片心事倒是付了流水。

說了半日瓜子，我只有一個問題。

美人們嗑的瓜子，究竟是南瓜子、西瓜子、冬瓜子還是葵花子呢？

《金瓶梅》成書於萬曆年間，向日葵原產於美洲，明代中期才傳入中國，據考證大規模種植至少要到清末。首次提到「向日葵」這一名稱的是明末文震亨。他在其《長物志》中說：「葵花種類莫定，初夏花繁葉茂，最為可觀。一曰向日，別名西番蓮。」南瓜也是明代中後期進入中國的，大約到清朝初年南瓜子才成為中國人的流行零食，如同治二年的《邳志補》中便有「（南瓜）子可炒食，運售亦廣」的記載。

《金瓶梅》裡的瓜子，最有可能的是西瓜子和冬瓜子，但冬瓜子的產量不高，對比書中出現瓜子的頻率，西瓜子的概率更大。最早記載西瓜子可食的是元代王禎的《農書》：「（西瓜）其子爆乾取仁，薦茶亦得。」元末明初《飲食須知》又載：「食瓜（西瓜）後，食其子，不噫瓜氣。」宮廷中食用西瓜子的情況可以參見晚明宦官劉若愚的《酌中志》，書中記載了先帝（明神宗朱翊鈞）「好用鮮西瓜種微加鹽焙用之」。

由此可見，西瓜子至遲在元代就已經開始作零食食用了，甚至有可能追溯到北宋初年，畢竟，蘇東坡曾經在給友人的信中，提到自己的夢想生活：「或聖恩許歸田裡，得款段一僕，與子眾丈、楊宗文之流，往還瑞草橋，夜還何村，與君對坐莊門吃瓜子炒豆，不知當復有此日否？」

和老友坐在門口，吃瓜子說閒話，這看似尋常的家常生活，卻是顛沛亂世時的奢侈念想，這大約才是真正的歲月靜好吧！

所以，當法國傳教士古伯察*在一八四四年開始橫越中華帝國旅行時，他最大的發現居然是：

西瓜子對於中華帝國三億人口來說，真可謂一種廉價的寶貝。嗑瓜子在十八省中屬於一種日常消費，看著這些人在用餐之前把嗑瓜子當成開胃之需，確實是一道耐人尋味的景致……在大清帝國各個地方，這種消費形式確是一種不可思議、超乎想像之事。有的時候，你會看見河上行駛著滿載這種心愛貨品的平底木船，說句實話，這時你可能以為自己來到了一個嚙齒動物王國。

我去嗑瓜子了，說不定能變成瓜子臉。

* 古伯察（Évariste Régis Huc，1813-1860），法國來華傳教士、旅遊作家、天主教遣使會神父，一八四四至一八四六年在清朝遊歷，他對蒙古族、藏族、漢族的見聞讓他聞名歐洲。

五二　雪夜，篩一盞菊花酒

我最喜歡在冬夜裡聽雪，萬籟俱靜時，雪瓣在面前飄過，「咻」的一聲。雪緊了，又會「撲簌簌」的。那是他們在這世界上存在過的痕跡。

和我一樣聽雪聲的還有潘金蓮。

最動人的便是那晚，她在屋子裡等西門慶，不見動靜，於是取過琵琶，橫在膝上，低低地彈。「猛聽得房檐上鐵馬兒一片聲響，只道西門慶敲的門環兒響，連忙使春梅去瞧。春梅回道：『娘，錯了，是外邊風起，落雪了。』」

她苦等的西門慶在回來的路上，雪落在衣服上都化了，「打馬」來家，徑直去了李瓶兒屋裡。他們兩人，如一對家常夫妻。女人「替他拂去身上雪霰」，男人問孩子可曾睡下。

那日，他在夏提刑家吃了酒。夏提刑是西門慶的上司，山東提刑所裡有兩名提刑，夏提刑是正職，西門慶頂補賀老爺員缺，是貼刑。西門慶明裡拿夏提刑當上司，背地裡卻頗看不起他，有時收受賄賂，夏提刑還要看著西門慶的眼色行事。

按照西門慶的脾氣，夜裡吃酒，若是盡興，必要晚歸。如今回來得卻早，李瓶兒知道他這酒沒有吃好。於是安排丫鬟「篩酒來你吃」。

李瓶兒真是西門慶的知己，酒確實沒吃好，因為嫌棄夏提刑家的菊花酒不好。

中國人喝菊花酒，有千年歷史。葛洪在《西京雜記》裡記有菊花酒的做法：「九月九日，佩茱萸，食蓬餌，飲菊花酒，令人長壽。菊花舒時，並採莖葉，雜黍米釀之，至來年九月九日始熟，就飲焉，故謂之菊花酒。」到唐宋，飲菊花酒的風俗到達了巔峰，菊花酒的釀造工藝也開始「百花齊放」，有先將菊花蒸成花露摻入酒體的，有菊花曬乾後放在生絹袋裡懸在酒體之上熏製的，還有把菊花打碎摻入酒麴直接釀造的。不管什麼方法，目的只有一個：要有菊花香。

也許是因為明代的釀酒業發達興盛，明朝人可以選擇的酒實在太多，菊花酒在明清漸漸衰敗了。夏提刑家釀的菊花酒，必定用料考究，西門慶卻嫌棄這酒「香淆氣的」，叫李瓶兒拿葡萄酒來篩給他喝。

《金瓶梅》中，多用「篩酒」而不用「斟酒」。《詩・小雅・伐木》裡，有「釃酒有衍」的句子，「釃」就是濾酒的意思。「篩」則是「釃」的通假字。中國古時只有發酵酒，發酵酒會將釀酒原料以及酵母混在酒中，所以在飲用的時候，要用工具（比如篩子，生絹）過濾，將酒中的固體成分過濾掉，然後溫酒，揮發掉一定的甲醇，再飲用。按照《本草綱目》記載，元代之後，大家才喝上了採用蒸餾技術釀造的燒酒。白居易膾炙人口的那首〈問劉十九〉裡，有「綠蟻新醅酒」，這裡的綠蟻指的就是浮在新酒表面的酒渣。最帥氣的篩酒典故來自陶淵明，有地方官去見陶淵明，看見他正在釀酒，就把頭巾摘下來過濾用，濾出酒了，再戴回去，不知道頭上的酒糟味，是不是一個月也去不掉。

篩酒究竟是怎麼個篩法？《北山酒經》中曾經論及，吃酒時，「以綿竹子遍於甕底攪纏，盡著底濁物。清即休纏。每取時卻入一竹筒子，如醋淋子，旋取之」。西門慶家後來拿菊花酒請客，也用了這樣的方法。所不同的是，西門慶家還「先攙一瓶涼水」，這大概是因為菊花酒太辣，要「去其蓼辣之性」。

我去年也做了一回菊花酒，今年秋天開了喝，果然凜冽，回味亦綿長。有興趣的朋友可以一試，讓我們「待到重陽日，還來就菊花」。

參考書目

1.〔北魏〕賈思勰著，繆啟愉、繆桂龍譯注：《齊民要術譯注》，上海：上海古籍出版社，二〇〇九年。
2.〔北魏〕楊衒之著，周祖謨注釋：《洛陽伽藍記校釋》，北京：中華書局，二〇一〇年。
3.〔唐〕丘光庭等：《兼明書及其他二種》，上海：商務印書館，一九三六年。
4.〔唐〕李延壽：《南史》，北京：中華書局，一九七五年。
5.〔唐〕劉肅：《大唐新語》，北京：中華書局，一九八四年。
6.〔唐〕吳兢：《貞觀政要》，長沙：岳麓書社，二〇〇〇年。
7.〔唐〕封演著，趙貞信校注：《封氏聞見錄校注》，北京：中華書局，二〇〇八年。
8.〔唐〕陸羽等：《茶經（外四種）》，杭州：浙江人民美術出版社，二〇一六年。
9.〔五代〕王仁裕等：《開元天寶遺事（外七種）》，上海：上海古籍出版社，二〇一二年。
10.〔宋〕陸游：《老學庵筆記》，北京：中華書局，一九七九年。
11.〔宋〕王銍、〔宋〕王栐：《默記．燕翼詒謀錄》，北京：中華書局，一九八一年。
12.〔宋〕羅大經：《鶴林玉露》，北京：中華書局，一九八三年。

13.〔宋〕普濟：《五燈會元》，北京：中華書局，一九八四年。
14.〔宋〕范成大撰、嚴沛校注：《桂海虞衡志校注》，南寧：廣西人民出版社，一九八六年。
15.〔宋〕浦江吳氏等：《吳氏中饋錄．本心齋疏食譜（外四種）》，北京：中國商業出版社，一九八七年。
16.〔宋〕李廌、〔宋〕朱弁、〔宋〕陳鵠：《師友談記．曲洧舊聞．西塘集耆舊續聞》，北京：中華書局，二〇〇二年。
17.〔宋〕吳自牧：《夢粱錄》，西安：三秦出版社，二〇〇四年。
18.〔宋〕孟元老著，伊永文箋注：《東京夢華錄箋注》，北京：中華書局，二〇〇六年。
19.〔宋〕周密：《武林舊事》，北京：中華書局，二〇〇七年。
20.〔宋〕陶穀、〔宋〕吳淑：《清異錄．江淮異人錄》，上海：上海古籍出版社，二〇一二年。
21.〔宋〕葉夢得：《石林燕語．避暑錄話》，上海：上海古籍出版社，二〇一二年。
22.〔宋〕朱肱等：《北山酒經（外十種）》，上海：上海書店出版社，二〇一六年。
23.〔元〕熊夢祥：《析津志輯佚》，北京：北京古籍出版社，一九八三年。
24.〔元〕倪瓚：《雲林堂飲食制度集》，北京：中國商業出版社，一九八四年。
25.〔元〕陶宗儀：《說郛》，北京：中國書店出版社，一九八六年。
26.〔元〕熊宗立：《居家必用事類全集》，北京：中國文史出版社，一九八六年。
27.〔元〕忽思慧：《飲膳正要》，上海：上海古籍出版社，一九九〇年。
28.〔明〕顧岕：《海槎餘錄》，陽山顧氏明鈔四十家小說本，明嘉靖正德年間。
29.〔明〕范濂：《雲間據目抄》，奉賢褚氏重刊本，民國十七年（一九二八）。
30.〔明〕沈榜：《宛署雜記》，北京：北京古籍出版社，一九八〇年。

31. 〔明〕劉若愚、〔清〕高士奇：《明宮史．金鰲退食筆記》，北京：北京古籍出版社，一九八〇年。
32. 〔明〕沈德符：《萬曆野獲編》，北京：中華書局，一九八九年。
33. 〔明〕蘭陵笑笑生：《新刻繡像批評金瓶梅》，香港：三聯書店，一九九〇年版。
34. 〔明〕田藝蘅：《留青日札》，上海：上海古籍出版社，一九九二年。
35. 〔明〕高濂：《遵生八箋》，成都：巴蜀書社，一九九二年。
36. 〔明〕何喬遠：《閩書》，福州：福建人民出版社，一九九四年。
37. 〔明〕蔣一葵、〔明〕劉若愚：《長安客話．酌中志》，北京：北京古籍出版社，二〇〇一年。
38. 〔明〕張岱：《陶庵夢憶》，北京：中華書局，二〇〇八年。
39. 〔明〕沈應文纂修：《北京舊志匯刊．萬曆順天府志》，北京：中國書店出版社，二〇一一年。
40. 〔明〕文震亨、〔明〕屠隆：《長物志．考槃餘事》，杭州：浙江人民美術出版社，二〇一一年。
41. 〔明〕張岱：《夜航船》，北京：中華書局，二〇一二年。
42. 〔明〕朱橚著，王錦秀、湯彥承譯注：《救荒本草譯注》，上海：上海古籍出版社，二〇一五年。
43. 〔清〕張廷玉等：《明史》，北京：中華書局，一九七四年。
44. 〔清〕顧祿：《桐橋倚棹錄》，上海：上海古籍出版社，一九八〇年。
45. 〔清〕李光庭等：《鄉言解頤．吳下諺聯》，北京：中華書局，一九八二年。
46. 〔清〕朱彝尊：《食憲鴻秘》，北京：中國商業出版社，一九八五年。
47. 〔清〕鄂爾泰：《國朝宮史》，北京：北京古籍出版社，一九九四年。
48. 〔清〕李鬥：《揚州畫舫錄》，北京：中華書局，一九九七年。
49. 〔清〕劉獻廷：《廣陽雜記》，北京：中華書局，一九九七年。

50. 〔清〕佚名：《嘉慶東巡紀事》，收《中國野史集成續編》，成都：巴蜀書社，二〇〇〇年。
51. 〔清〕潘榮陛、〔清〕富察敦崇、〔清〕查慎行、〔清〕讓廉：《帝京歲時紀勝‧燕京歲時記‧人海記‧京都風俗志》，北京：北京古籍出版社，二〇〇一年。
52. 〔清〕周家楣、繆荃孫等編纂：《光緒順天府志》，北京：北京古籍出版社，二〇〇一年。
53. 〔清〕張茂傑等：《大興縣誌》，北京：北京古籍出版社，二〇〇二年。
54. 〔清〕紀昀：《閱微草堂筆記》，上海：上海古籍出版社，二〇〇五年。
55. 〔清〕童岳薦：《調鼎集》，北京：中國紡織出版社，二〇〇六年。
56. 〔清〕郝懿行：《郝懿行集》，濟南：齊魯書社，二〇一〇年。
57. 〔清〕繆荃孫輯：《北京舊志匯刊‧永樂順天府志》，北京：中國書店出版社，二〇一一年。
58. 〔清〕王養廉纂修：《北京舊志匯刊‧康熙宛平縣志》，北京：中國書店出版社，二〇一五年。
59. 魯迅：《魯迅日記》，北京：人民文學出版社，一九七六年。
60. 薛寶辰：《素食說略》，北京：中國商業出版社，一九八四年。
61. 王仁興：《中國飲食談古》，北京：輕工業出版社，一九八五年。
62. 江蘇新醫學院編：《中藥大辭典》，上海：上海科學技術出版社，一九八六年。
63. 黃霖：《金瓶梅資料匯編》，北京：中華書局，一九八七年。
64. 黃霖主編：《金瓶梅大辭典》，成都：巴蜀書社，一九九一年。
65. 黃霖：《金瓶梅講演錄》，桂林：廣西師範大學出版社，二〇〇八年。
66. 許嘯天：《明宮十六朝演義》，長春：吉林文史出版社，一九九二年。
67. 趙珩：《老饕漫筆》，北京：生活‧讀書‧新知三聯書店，二〇〇一年。

68. 田曉菲：《秋水堂論金瓶梅》，天津：天津人民出版社，二〇〇五年。
69. 侯會：《食貨金瓶梅：從吃飯穿衣看晚明人性》，桂林：廣西師範大學出版社，二〇〇七年。
70. 邵萬寬，章國超：《金瓶梅飲食譜》，濟南：山東畫報出版社，二〇〇七年。
71. 徐珂：《清稗類鈔》，北京：中華書局，二〇一〇年。
72. 梁實秋：《雅舍談吃》，南京：江蘇人民出版社，二〇一四年。

聯經文庫

潘金蓮的餃子：穿越《金瓶梅》體會人欲本色，究竟美食底蘊

2018年9月初版　　定價：新臺幣480元
2023年3月初版第二刷

著者　李舒
繪圖　戴敦邦
叢書主編　林芳瑜
內文排版　林淑慧
校對　宇宏
美術設計　兒日

副總編輯　陳逸華
總編輯　涂豐恩
總經理　陳芝宇
社長　羅國俊
發行人　林載爵

出版者　聯經出版事業股份有限公司
地址　新北市汐止區大同路一段369號1樓
叢書主編電話　(02)86925588轉5318
台北聯經書房　台北市新生南路三段94號
電話　(02)23620308
郵政劃撥帳戶第0100559-3號
郵撥電話　(02)23620308
印刷者　文聯彩色製版印刷有限公司
總經銷　聯合發行股份有限公司
發行所　新北市新店區寶橋路235巷6弄6號2樓
電話　(02)29178022

行政院新聞局出版事業登記證局版臺業字第0130號

本書如有缺頁，破損，倒裝請寄回台北聯經書房更換。　ISBN 978-957-08-5173-1 (平裝)
聯經網址：www.linkingbooks.com.tw
電子信箱：linking@udngroup.com

本書中文繁體版由北京楚塵文化傳媒有限公司授權出版

國家圖書館出版品預行編目資料

潘金蓮的餃子：穿越《金瓶梅》體會人欲本色，究竟美食底蘊/李舒著．初版．新北市．聯經．2018年9月（民107年）．312面．14.8×21公分（聯經文庫）
ISBN 978-957-08-5173-1（平裝）
[2023年3月初版第二刷]

1.金瓶梅 2.研究考訂 3.飲食風格

857.48 107014774